D1849394

Zu diesem Buch

«Die Tragödie des Antihelden Grewe, Opfer der Bildungs- und Arbeitsmarktkrise, wird hier zur Farce. Mit seinem richtigen – kritischen – Bewußtsein steht er immer auf der falschen Seite. Sein Lebenslauf liest sich denn auch wie eine zynische Persiflage auf den klassischen Bildungsroman, an dessen Schluß die Erkenntnis steht, daß seine (Aus)bildung ‹für vieles geeignet, aber für nichts brauchbar ist›. Dies führen ihm geschäftstüchtige Altersgenossen mit der gediegenen Eleganz der neuen Beweglichkeit höhnisch vor... Als Grewe schließlich einen Job als Aushilfsfahrer annimmt, tröstet ihn sein Vater: ‹Man gewöhnt sich an alles.› Doch genau das will Mathias Grewe nicht. Er weigert sich, vereinnahmt zu werden und ist stolz darauf.» («Generalanzeiger für Bonn»)

«Die Sympathie des Autorenduos, das spürt man, liegt auf der Seite der Bockigen, nicht der Flexiblen; aber durch den Kakao gezogen werden die einen wie die anderen... In der Mischung aus Fakten und Erfundenem erfaßt diese fiktive Autobiographie des Mathias Grewe die Perspektiven (in der zweifachen Bedeutung von Weltsicht und Chance) seiner Generation mit erheblicher Treffsicherheit. ‹Von der Nutzlosigkeit, erwachsen zu werden› ist ein Beitrag zur Standortbestimmung der Generation, die sich von der vorangehenden die Ideale vorkauen ließ und von der nachfolgenden an Illusionslosigkeit und Durchsetzungskraft weit übertroffen wird.» («Süddeutsche Zeitung»)

Georg Heinzen, geboren 1953 in Düsseldorf, studierte nach einer Maschinenschlosserlehre Germanistik und Geschichte.
Uwe Koch, geboren 1954 in Düsseldorf, arbeitet nach einem Germanistik- und Philosophiestudium in einer Setzerei als Korrektor. Beide arbeiten seit 1981 als Autoren zusammen, u. a. für den Band «Heimat Stadt». Von Uwe Koch erschien außerdem der Roman «Der Mann aus Sand» (Rowohlt 1989).

Georg Heinzen · Uwe Koch

Von der Nutzlosigkeit, erwachsen zu werden

rororo

Rowohlt

51.–62. Tausend Dezember 1989

Veröffentlicht im Rowohlt Taschenbuch Verlag GmbH,
Reinbek bei Hamburg, März 1989
Copyright © 1985 by Rowohlt Verlag GmbH,
Reinbek bei Hamburg
Redaktion Jens Petersen
Umschlaggestaltung Thomas Henning
Gesamtherstellung Clausen & Bosse, Leck
Printed in Germany
780-ISBN 3 499 12459 9

Inhalt

Dreißig im digitalen Deutschland

Ich bin nicht Lokomotivführer geworden. Alles ist anders gekommen, als ich gedacht habe. Ich bin auch nicht Präsident geworden oder Urwalddoktor, nicht einmal Studienrat. Eigentlich bin ich gar nichts geworden.
Ich bin nicht Vater, nicht Ehemann, nicht ADAC-Mitglied. Ich habe keinen festen Beruf und kein richtiges Hobby. Mir fehlt alles, was einen Erwachsenen ausmacht, die Aufgaben, die Pflichten, die Belohnungen. Ich bin kein Vorgesetzter und keine Autoritätsperson, ich habe keinen Dispositionskredit und trage keinerlei Unterhaltslasten, außer für mich selbst.
Vormittags bin ich Auslieferungsfahrer. Der Rest des Tages gehört mir. Ich habe viel Zeit. Wenn man mich braucht, um bei einem Umzug zu helfen oder gegen den Aufmarsch der 6. Flotte in Mittelamerika zu demonstrieren, bin ich da. Denn ich habe wenige Termine, die ich versäumen könnte, draußen, in der Welt der Arbeit.
Ich denke oft daran, daß das Leben nicht mehr vor mir liegt. Dabei macht mir mein Alter keine Probleme, denn ich sehe ohnehin wesentlich jünger aus. Ich schaue nicht ängstlich in den Spiegel, wiege mich nicht jeden Morgen aufmerksam und mache abends keine Waldläufe. Doch manchmal habe ich das Gefühl, Zeit zu verlieren, und dieses Gefühl geht mit den Jahren nicht weg wie Pubertätspickel, sondern wird immer stärker.
Ich habe meinem dreißigsten Geburtstag gerade so viel Aufmerksamkeit geschenkt wie jedem anderen auch, ein paar Freunde eingeladen, nichts weiter. Ich habe nicht an mein Glas geklopft und eine traurige Retrospektive gehalten, ich bin nicht

bei der Quiche Lorraine in Tränen über mich ausgebrochen, weil ich schon so viel Leben verbraucht und so wenig gelebt habe. Ich bin nicht sentimental geworden. Denn ich bin viel zu unentschieden, ob ich darüber unglücklich sein soll, daß ich so nutzlos bin, oder mich freuen darf, daß mir das Erwachsensein erspart bleibt und in eine lebenslange Jugendstrafe umgewandelt wird. Und doch spüre ich, was das Alter verändert hat. Vor zwanzig Jahren durfte ich noch auf die Erfüllung aller meiner Träume hoffen. Heute bin ich selbst für sie verantwortlich. Ich muß sie verwirklichen oder aufgeben. Ich rechne, dreißig Jahre, sechzig Jahre, vielleicht neunzig Jahre. Die Uhr läuft wie in einem Taxi, nur ich fahre nicht.

Ich lebe wie all die Jahre vorher. Ich habe den Status eines Studenten. Doch meine Ausbildung ist längst abgeschlossen, ich bin kein Student mehr. Trotzdem fühle ich mich immer noch angesprochen, wenn von der Jugend die Rede ist. Aber ich muß feststellen, daß inzwischen andere gemeint sind, jüngere als ich, die «Sie» zu mir sagen, wenn sie mich nach der Uhrzeit fragen. Die lassen mich mein Alter spüren, denn ich bin aus der Mode gekommen.

Meine Eltern hatten mich für ein besseres Leben vorgesehen. Ich sollte ein erfolgreicher Mann werden. Einer der früh aufsteht und kalt duscht. Der mit beiden Beinen auf der Erde steht, weil er weiß, daß man die Sterne nicht vom Himmel holen kann. Der vernünftig ist und sich in das Unabänderliche fügt. Der für schlechte Zeiten vorsorgt, weil er niemals spürt, in welch schlechten Zeiten er lebt. Aber alles ist anders gekommen, als die Eltern gedacht haben.

Sie hatten mich auf die höhere Schule geschickt. Dort hieß es, wir würden nicht für die Schule, sondern für das Leben lernen. Aber das Leben, für das ich lernte, wurde gerade abgeschafft. Während ich mich noch mit der «Odyssee» und den Punischen Kriegen beschäftigte, überlegten die Weitsichtigen bereits, wie man

die Zeit oder den Atomkrieg in einer Streichholzschachtel unterbringen kann. Während ich mich darauf vorbereitete, gesellschaftlich wichtige Aufgaben zu übernehmen, entfielen diese Aufgaben schon wieder.
Ich bin noch vor der Digitalisierung groß geworden, über und über gebildet mit jenen geistigen Dingen, für die es immer weniger Verwendung gibt. Ich kann keine Computersprache, und die Sprache, die ich gelernt habe, wird in der neuen Wirklichkeit immer weniger gebraucht. Der technische Fortschritt hat mich wieder zum Analphabeten gemacht. Ich bin vom Kreislauf der Angebote ausgeschlossen, seit mein Gebrauchswert gegen Null sinkt.
Meine Eltern hätten sich diese Entwicklung genausowenig träumen lassen wie ich. Doch sie glauben immer noch hartnäckig an meine Zukunft, weil sie auch ihre Zukunft sein soll. Und sie machen sich weiter Sorgen wie all die Jahre, keine vernünftigen Sorgen, Elternsorgen eben, daß ich die Treppe nicht regelmäßig putze oder die Miete zu spät überweise oder beim Demonstrieren festgenommen werde. Sie hoffen, es läge an meiner Unentschlossenheit, daß ich das Richtige noch nicht gefunden habe. Dabei habe ich gar keine Möglichkeit mehr, mich für irgend etwas zu entscheiden.
Ich muß ohnmächtig und kopflastig zusehen, wie sich die billigsten Ideen durchsetzen und die Verantwortungslosesten die Verantwortung tragen. Ich gehöre zu dem lebensunwerten Leben, dem die Arrivierten der freien Marktwirtschaft die Existenzberechtigung absprechen. Ich belaste das soziale Netz mit meinen Forderungen, für die ich kaum Leistungen erbringe. Ich stehe den Tüchtigen im Weg, die ihre Geschäfte um mich herum aufziehen, so daß ich mich mit meinen dreißig Jahren und vierzig Jobs wie ein Hundertjähriger fühle, der zusehen muß, wie um sein Haus herum ein Autobahnkreuz gebaut wird. Ich stehe den Erfolgreichen im Weg, treibe ihre Steuern hoch und mache ihnen

ein schlechtes Gewissen, wenn sie ihren Wohlstand genießen wollen. Und eigentlich könnte ich dieser Gesellschaft zusammen mit den anderen unnützen Essern nur noch den Dienst erweisen, vom Erdball abzuspringen, damit es wieder Parkplätze und freie Wohnungen gibt.

Aber noch lebe ich nicht im Freien. Ich habe ein schönes Zimmer, in das morgens die Sonne scheint, ich trinke Bohnenkaffee und fahre im Sommer nach Italien. Ich habe noch nicht in Mülleimern nach Nahrung gesucht oder in Altglascontainern nach Alkohol. Ich habe ein Krankenscheinheft, und die Kasse zahlt 60 Prozent von jeder Jacketkrone. Doch ein paarmal habe ich mich schon gefragt, ob das Zahngold in meinem Mund mir nicht einmal mehr nützen kann, als mich vor Karies zu schützen.

Ich bin einfach ein paar Jahre zu spät geboren worden. Mein Arbeitsplatz war noch zu vergeben, als ich mit kritischem Bewußtsein und dem festen Willen, die Revolte wichtiger als die Karriere zu nehmen, ein Studium begann, das schon zu nichts mehr führte, bevor ich es beendete. Mit einem optimistischen Bewußtsein wuchs ich in eine Zeit hinein, die sich wieder gewendet hatte, während ich noch zu jung war, das zu begreifen.

Mit dem Gefühl, für vieles geeignet zu sein, muß ich heute feststellen, daß ich für nichts gebraucht werde. Ich verkaufe mich stundenweise, weit unter Wert, erledige untergeordnete Arbeiten. Dabei glaube ich, die Probleme der ganzen Welt lösen zu können, wenn man mich fragen würde. Aber niemand interessiert sich für meine Ansichten.

Ich hatte meine eigenen Ideen von einem sinnvollen und erfolgreichen Berufsleben. Ich wollte nicht nach zwanzig Jahren Lernen ein Abschlußzeugnis entgegennehmen, einen Händedruck, der endgültig letzte Bafög-Scheck würde verrechnet, noch ein Händedruck, ein Besuch beim Friseur, ein Herrenkonfektionsgeschäft: Sitzt wie angegossen, mein Herr, eine Aktentasche, ein Büro, man wechselt aus der Verantwortungslosigkeit in ein Sy-

stem von Verpflichtungen und Belohnungen, tauscht die Träume gegen Sicherheit. Die schöne Zeit der Jugend ist unwiderruflich vorbei. Ich wollte immer anders werden als meine Eltern. Aber ich habe nie gesagt, daß ich gar nichts werden wolle.
Manchmal bin ich des Überflüssigseins so überdrüssig. Und es gibt Tage, da wünsche ich mir, einer von den Ordentlichen, den Vernünftigen, den Normalen zu sein. Dann sehne ich mich nach der felsenfesten Einfalt derer, die sich entschlossen haben, zweifelsfrei mitzumachen, die Gewinner sein wollen und sich freuen können über Tore und Medaillen. Die immer auf der richtigen Seite stehen. Für die auch die Nachrichten gute Nachrichten sind, die mir schon morgens früh den Tag verderben. Warum muß ich immer an den Atomkrieg denken, während die anderen Angst haben, an Raucherkrebs zu sterben oder vom Bus überfahren zu werden? Warum habe ich keine Aufgabe, die mich ablenkt und aus den Träumen zurückholt auf den Boden der Tatsachen? Die Luft mit Stickoxyden anreichern, Arbeitsplätze wegrationalisieren, Asylanten in ihre Heimat zurückführen oder eine Raketenlücke schließen, es wäre mir bisweilen egal. Ich könnte endlich morgens mit einer Aktentasche ins Büro gehen, mein Jackett sorgfältig auf einen Bügel hängen, Kuli und Schreibunterlage parallel ausrichten, dann gäbe es Kaffee, und schon käme ein erster Anruf, und ich sagte «Grewe» ins Telefon. Aber dort, wo ich vormittags aushelfe, habe ich kein Telefon, und zu Hause melde ich mich immer noch mit Mathias Grewe, weil die meisten, die mich anrufen, meine Freunde sind. Allerdings ruft auch mal der Vermieter an, oder mein Zahnarzt erinnert mich, wenn ich den Krankenschein fürs neue Quartal vergessen habe.
Ich möchte einfach mal einen Beruf vorweisen können, wenn man mich danach fragt. Aber was soll ich antworten? Auslieferungsfahrer? Germanist? Ich fühle mich nicht als Auslieferungsfahrer, und unter einem Germanisten stelle ich mir einen Profes-

sor vor oder zumindest einen Privatdozenten. Ich aber bin nicht einmal Assistent oder wissenschaftlicher Mitarbeiter, sondern ein ausgemusterter Student, nichts weiter.

Wenn ich Lehrer wäre, dürfte ich abends durch ein Spalier dankbarer Schüler in meine Kneipe gehen. Oder wenn ich Redakteur bei einem kritischen Fernsehmagazin geworden wäre, würde man mit dem Finger auf mich zeigen und über mich tuscheln, wenn ich auf New Yorks St. Marks Place eine Pina Colada trinken würde.

Andere haben zumindest Kinder. Sie stehen auf dem Stadtteilfest und unterhalten sich, und dann ruft eine Pippi Langstrumpf «Papi, Papi» quer über die Festwiese, und die gesellschaftliche Rolle ist heraus, vor aller Augen. Als Vater wäre ich wenigstens Erziehungsberechtigter, selbst wenn meine Aufgabe darin bestehen würde, die Anträge an das Sozialamt zu stellen. Das gäbe natürlich später noch eine Menge Schwierigkeiten, wenn sie meine Nina in der Schule nach dem Beruf ihres Vaters fragen sollten. Was würde sie dann sagen? Mein Vater hat keinen Beruf, oder: mein Vater ist beinahe Lehrer geworden, aber keiner will ihn. Er ist viel zu Hause, kocht für uns, wäscht, hält die Wohnung sauber, arbeitet in einer Bürgerinitiative, wo er freche Flugblätter entwirft, regt sich über das Radio auf, liest dicke Bücher und bringt mir gerade bei, wie man mit den Ohren wackelt?

Jutta, meine Freundin, möchte auch lieber mit einem Mann beim Frühstück sitzen, der einen interessanten Beruf hat, als mit einem Opfer der Verhältnisse. Trotzdem tröstet sie mich. «So wie dir geht es doch hunderttausend anderen auch», sagt sie. «Na und?» entgegne ich dann gereizt. «Ist mir doch scheißegal, wie es den anderen geht. Das macht mich nicht glücklicher.» Genauso haben früher doch auch meine Eltern geredet. Da mußten immer die Negerkinder oder die Verwandten aus Stralsund herhalten, damit ich begreifen sollte, wie gut ich es eigentlich hatte.

Ich sitze in meiner Küche, die eigentlich Juttas Küche ist. Aber seit ich zu ihr gezogen bin, ist es eben auch meine Küche. Ich sitze auf dem bequemen Sofa, von dem ich mich seit Jahren noch bei keinem Umzug trennen konnte, obwohl es furchtbar schwer ist. Ich trinke Kaffee aus einer großen französischen Tasse mit Silberrand, ermahne die Katze, die Pfoten vom Kühlschrank zu lassen, und denke über mein Leben nach.
Warum, frage ich mich, ist es den Eltern so gehörig mißlungen, ihr Lebensmodell an mich weiterzugeben? Und warum waren alle meine Pläne vom Erwachsensein Träumerei? Warum arbeite ich lieber ungeregelt, als mein Leben für sinnlose Belohnungen herzugeben? Warum gehöre ich nicht zu denen, die sich bereitwillig in das System aus Sicherheit und Abschreckung stürzen? Warum ist alles anders gekommen, als alle gedacht haben, meine Erzieher und ich selbst, nur wegen der Mikrochips und der gestiegenen Ölpreise? Warum bin ich kein guter Deutscher geworden und kein netter Sozialpartner?

Väter und Geschichte

Ich sollte es einmal besser haben als meine Eltern. Wie oft haben sie das gesagt? Und wie drohend hörte es sich immer an, wo es doch so gut gemeint war? Meine behütete, aber strenge Kindheit ist aus diesem Satz zu verstehen, den ich nicht verstand, als ich noch ein Kind war.

Nach allem, was ich beurteilen konnte, bevor ich in das Alter kam, Vergleiche anzustellen, ging es meinen Eltern gut. Wodurch sollte ich sie einmal übertreffen können? Wir hatten eine Musiktruhe mit Zehnplattenwechsler und einen Orientteppich mit Fransen, die Mutter jeden Morgen kämmte. Wir hatten auch schon ein Fernsehgerät, als das noch etwas Besonderes war.

Die Eltern ließen mich kein Unglück spüren, sie verbargen ihre Sorgen vor mir, und Kummer zeigten sie nur, wenn ich ihn verursacht hatte. Was wußte ich von der Vergangenheit, die hinter ihnen lag, was kannte ich von der grauen Vorgeschichte meines Lebens? Sie redeten nicht darüber.

Der Krieg? Der Krieg war schon unendlich weit weg. Alles, was vor meiner Geburt stattgefunden hatte, vermischte sich in meiner Vorstellung zu einer legendären Frühzeit: Ritterburgen, Luftschutzbunker, Kaiser Wilhelm und die Hochzeit der Eltern. In meinen Abenteuern bin ich dem Krieg dann auf den verbotenen Spielplätzen begegnet, wo es nach kalter Asche und scharfem Urin roch. Zwischen geschwärzten Brandwänden, die mit Kiefernstämmen auseinandergedrückt wurden. In geborstenen Bunkern, wo feuchte Gesteinsklumpen an rostigen Moniereisen hingen. Wo die Eltern uns nicht erreichten mit Rufen und Verboten. Ich sah Männer mit Sonnenbrille mitten im Winter und

blieb verwundert vor ihnen stehen. Doch ehe ich etwas sagen konnte, hatte Mutter mich am Arm fortgezogen und mir befohlen, still zu sein. Ich sah das Foto von einem Soldaten, der sollte mein Onkel sein und war viel jünger als alle anderen Onkel und Tanten. Daß er gefallen war, erzählte Mutter mit gedämpfter Stimme. Ich verstand es nicht. Ich war schon so oft gefallen.
Mutter erklärte: «Im Krieg fallen Bomben, und alle Leute müssen in den Keller, und Vater ist weit weg, und wir wissen nicht, ob er wiederkommt.» Ich konnte mir nur die Nacht im Keller schrecklich ausmalen. Vater war schließlich auch jetzt meistens weg. Er ging für uns arbeiten und kam spät nach Hause. Und als hätte sie mir zuviel zugemutet, sagte Mutter nach solchen Erinnerungen zu mir: «Nun denk nicht mehr daran.»
Wenn ich sonntags keinen Pudding mehr mochte, sagte Vater: «Euch geht es zu gut.» Und wenn er «euch» sagte, meinte er nicht nur meine kleine Schwester Iris und mich. Zum erstenmal wurde ich bei solchen Gelegenheiten als Vertreter meiner Generation angesprochen. Ich lernte, daß ich ein Kind des Wirtschaftswunders war. Als Nachkriegszeit galten nämlich nur die schlechten Jahre, als sie noch nicht wußten, ob sie den Krieg verloren hatten oder sich befreit vorkommen sollten. Bevor sie sich für beides entschieden hatten, mußte es eine dunkle Epoche gegeben haben, in der es nichts zu kaufen gab, außer auf dem Schwarzmarkt, und das war schon wieder ein Wort, unter dem ich mir nichts vorstellen konnte.
Der Sonntag war der Tag der Familie. Und so wie unsere Nachbarn, die katholisch waren, morgens gemeinsam zur Kirche gingen, gingen wir nachmittags immer in demselben Park spazieren. Dazu setzte Vater seinen Hut auf und hängte sich seine Kodak-Retina um, die in einem braunen Lederetui steckte, und Mutter packte immer ein Päckchen Papiertaschentücher für alle Fälle in ihre Handtasche und zwanzig Pfennig für die Toilettenfrau, weil Iris unterwegs jedesmal zum Klo mußte. Ich ging

mit Vater vorneweg. Er erklärte mir die Baumarten und nannte die Namen der Vögel, die wir hörten, und wenn ich ihn danach fragte, hielt er auch ein paar Lektionen über die Anfänge unserer Demokratie. Alle waren gleich gewesen. Jeder hatte mit vierzig Mark begonnen. So war der Staat entstanden, in dem wir lebten. Aber diese einfache Erklärung machte meine Verwirrung nur noch größer, denn inzwischen gab es große Unterschiede zwischen den Menschen. Unsere Nachbarn von gegenüber wohnten in einem eigenen Haus mit einem Balkon, der um die Ecke ging. «Wie wird man reich?» wollte ich wissen, und Vater lächelte, als ob er mir nicht alles erzählte: «Wenn man das Geld für sich arbeiten läßt, ist man reich.» Und ich stellte mir das Geld vor, wie es arbeitete. «In einer Demokratie», sagte Vater, «da entscheidet die Mehrheit über die Minderheit. Aber jeder ist frei und kann tun, was er will, solange er die anderen dabei nicht schädigt.» Und der Staat? «Das sind wir alle, die Regierung und die Bürger. Wir bilden zusammen den Staat.» Den geteilten, man hatte uns etwas weggenommen. Aber Vater sagte auch, er wolle es gar nicht wiederhaben. Er wollte nichts mehr erobern. Er wollte zu Hause bleiben, weil er glaubte, so am wenigsten falsch machen zu können. Alles, was Vater mir mit auf den Weg geben wollte, waren Chancen. Die Geschichte mit den vierzig Mark sollte mir vor Augen führen, daß jeder seines Glückes Schmied ist und daß ich das Recht hätte, etwas von der Zukunft zu erwarten.

Vater hatte Angst um meinen Erfolg. Mutter hatte Angst um mein Leben.

Einmal halfen wir Kinder, einen Lieferwagen aus dem Schlamm unseres Neubauviertels herauszuziehen, und bekamen Negerküsse zur Belohnung. Mutter glaubte die Geschichte nicht und freute sich nicht über die Negerküsse. Sie brachte mir die Angst vor Fremden bei. Ich fürchtete mich nun erst recht davor, in den Keller zu gehen.

Sie spannten den lieben Gott mit in die Erziehung ein, als Hilfspolizisten mit Bereitschaftsdienst rund um die Uhr. Er wurde dort mit meiner Observierung betraut, wo sie nicht mehr hinschauen konnten. So bekam ich ein Gewissen.

Dieser liebe Gott wußte mehr über mich als ich selber, er wußte alles. Er war immer in meiner Nähe, vermutlich hinter meinem Rücken, aber auch im Spiegel konnte ich ihn nicht entdecken. Er war wohl unsichtbar, konnte aber auch im Dunkeln sehen. Sogar im Bett konnte er mich beobachten und auf dem Klo auch. Selbst die Eltern gaben zu, vor ihm Angst zu haben, und sie hatten doch sonst vor niemand Angst, außer vor den Russen. Sie selbst gingen nicht zur Kirche, schickten mich und Iris aber jeden Sonntag hin. Sie beteten auch nicht bei Tisch. Ich betete jeden Abend, sobald das Licht aus war. Ich trug dem lieben Gott alles vor, was die Eltern nicht wissen durften, weil sie es nicht verstanden hätten. Ich hatte oft Angst, sie könnten plötzlich sterben und ich sei schuld daran, weil ich immer so ungezogen war. Ich hatte Angst vor meinem Körper wie die Eltern, die sich immer hinter verschlossener Badezimmertür wuschen. Ich träumte, ich ginge nackt durch die Stadt, und alle lachten über mich.

Ich hatte Angst vor den Erwachsenen. Vor dem Nachbarn, der immer Nachtschicht hatte und unsere schönsten Fußballspiele durch ein Klopfen an die Fensterscheibe beendete. Vor dem Hausmeister, der mich an den Ohren zog, wohin er mich gerade haben wollte, um ein Kaugummipapier aufzuheben. Vor dem unheimlichen Onkel Heiner, der mich hoch in die Luft werfen konnte und mich glücklich machte mit fünfzig Pfennig aus seinem Portemonnaie. Vor Vater, der mit knappen Handbewegungen meiner Mutter Befehle erteilte und schwere Kisten tragen konnte. Der nicht aufessen mußte wie ich und vom Tisch aufstehen durfte, wann er wollte. Die Erwachsenen brauchten sich von niemand etwas sagen zu lassen, sie hatten es besser als ich. Ich wollte gerne groß sein.

Die höchste Macht von allen Erwachsenen besaß Vater. Sein

Hoheitszeichen war die braune Aktentasche, an die ich nicht herandurfte. Manchmal mußte er am Wochenende zu Hause arbeiten, dann durfte ich ihn nicht stören. Und wenn er nicht arbeitete, mußte ich auch leise sein, denn dann ruhte er sich von der Arbeit aus.
Vater zeichnete etwas, was nicht schmutzig werden durfte, und benutzte viele Lineale. Manchmal fuhr er mit dem Finger durch ein Gewirr von Linien, die ich so wenig verstand wie Mutters Schnittmusterbogen, und erklärte mir, nach der Zeichnung würde ein großer Kran gebaut, und der Kran würde nach Indien verkauft. Er machte Pläne, lernte ich. Pläne machen war ein schöner Beruf.
Mutter war immer zu Hause. Sie war zuständig für Butterbrote, Heftpflaster und Limonade, und darunter litt ihre Strenge. Vater war selten zu Hause, und wenn er da war, mußte er beweisen, daß er sich auch um die Erziehung kümmerte, und darunter litt seine Milde. Mit Strenge, dachte er, würde er nichts falsch machen können, nicht vor Gott und auch nicht vor der Allgemeinheit. Milde erschien ihm als Risiko, für das er einmal zur Verantwortung gezogen werden könnte, wenn etwas schiefgehen sollte mit meiner Entwicklung.
Liebe zu zeigen, war eine Nachlässigkeit, die sich der Vater nur ganz selten gönnte, nicht nur zu meiner, auch zu seiner Belohnung. Wenn er mich bestrafte, erklärte er, daß er mich trotzdem liebte. Und wenn er mich schlug, beteuerte er, es täte ihm genauso weh wie mir. Aber das konnte ich nicht glauben.
Mutter schien manchmal ein schlechtes Gewissen zu haben, mich zu lieben. Sie übertrug das Strafen dem Vater. Sie vergab Prügel, die nicht sofort ausgeteilt wurden, sondern erst am Abend. Die schlimmste von Mutters Strafen aber war ihr Schweigen, das mich härter traf als Vaters Verlängerungskabel und durch kein Bitten und Betteln zu durchbrechen war.
Vater war der Chef, über uns Kinder, meine Mutter und den

Ford Taunus, der wochentags unter einer grauen Regenplane verborgen blieb, weil Vater zu Fuß ins Büro ging. Samstags bei Ausflügen ins Grüne lenkte er ihn, wohin er wollte. Und mußte Iris aufs Klo, kam es vor, daß er nicht anhielt, weil er gerade jemand überholt hatte.

Auf unserer Straße grüßten sich die Väter mit Vornamen. Samstags waren sie eine Gemeinschaft verschworener Bastler an ihren Autos, Herrscher über blitzende Werkzeuge und ein geordnetes System von Schraubendöschen, von denen wir Kinder die Finger zu lassen hatten.

Vater liebte mich so, wie er seine Arbeit liebte. Vielleicht liebte er mich sogar etwas mehr, aber diese Mehrliebe machte ihn wortkarg. Er lenkte den Fluß dieser Liebe in einen Kanal aus Verantwortung und Sorge. Sorge war der Sinn seines Lebens geworden. Die Sorge um die Familie ließ ihn Enttäuschungen vergessen. Die gestohlene Lebenszeit bei der Wehrmacht, die Gefangenschaft in Rußland, die unkorrigierbaren Irrtümer seines Lebens, die freiwilligen Zwangsarbeiten, die tägliche Pünktlichkeit, die unterdrückten Krankheiten und die unendlichen Überstunden wurden sinnvoll durch uns, die Nutznießer. Ich lernte, daß ein erwachsener Mann dazu bestimmt ist, Frau und Kinder zu versorgen.

Über Politik wurde möglichst nicht gesprochen. Aber einmal gab es einen ermordeten Präsidenten. Das ist die erste Geschichte der richtigen Geschichte, an die ich mich erinnern kann. Die Erwachsenen standen alle in unserem Wohnzimmer, meine Eltern, die Nachbarn und sogar der Hausmeister, und sie vergaßen, mich ins Bett zu bringen. Sie standen betreten beieinander und fragten sich leise, was jetzt wohl werden würde. Tage später, als ich die Bilder der schönen Witwe sah, fragte ich, wer das war, der tote Präsident. Und Mutter antwortete: «Er hat uns vor dem dritten Weltkrieg gerettet.» Da bewunderte ich Präsident Kennedy.

Auch als Chruschtschow gestürzt wurde, fürchteten die Eltern, daß es Krieg gebe. Am sichersten schien die Welt zu sein, wenn sich nichts änderte. Aber dann beruhigten sie mich wieder und sagten, daß es wahrscheinlich doch keinen Krieg mehr geben werde, weil beide Seiten die Bombe hätten. Ich wollte wissen, was die Bombe ist, und sie sagten, die Bombe könnte die ganze Welt vernichten und deshalb würde niemand mehr Krieg anfangen. Da war ich froh, daß es die Bombe gab.

Draußen ging die Geschichte weiter, aber die Eltern wollten nicht viel davon wissen. Selbst was sie wählten, hielten sie vor uns Kindern geheim. Wenn sie sonntags zum Wahllokal gingen, waren sie ernst und schweigsam, und ich durfte nicht mit hineingehen, so wie mich meine Mutter auch manchmal vor der Drogerie warten ließ, wenn sie etwas einkaufte.

Alle Themen, bei denen die Eltern die Stimme senkten, wurden für mich interessant, und ich wurde um so neugieriger, je weniger sie davon sprachen. Ihre Geschichten vom Krieg waren bruchstückhaft, wiederholten sich, ergaben kein Bild vom Ganzen. Ihre Erklärungen waren eine Art Kommuniqué, über das hinaus sich alle Beteiligten zum Stillschweigen verpflichtet hatten. So wurde der Krieg, den ich nicht miterlebt hatte, für die Eltern noch einmal zur Prüfung, die sie nicht bestanden. Denn eines Tages war ich groß genug, um an ihren Erklärungen zu zweifeln, und entschlossen, mehr in Erfahrung zu bringen.

Sonntag mittags beim Rollbraten eröffnete ich die Beweisaufnahme. Das Verfahren war öffentlich, denn Iris saß mit am Tisch. Im Internationalen Frühschoppen war über einen fernen Krieg geredet worden, und Mutter hatte den Amerikaner bewundert, weil er so gut Deutsch sprach. Ich hatte meinem Vater gesagt, daß ich nicht in so einen Krieg gehen würde, und schon hatte er sich angegriffen gefühlt und geantwortet, wenn es erst einmal soweit sei, gäbe es keine Kriegsdienstverweigerung mehr, dann würde man an die Wand gestellt. Bei diesem Thema waren wir geblieben, nur Mutter versuchte vergeblich, das Gespräch in eine andere Richtung zu lenken, und forderte uns auf, nichts übrigzulassen. Sie wollte Vater vor unseren Fragen bewahren und uns Kinder vor seinen Kriegserlebnissen.

Ich führte das Verfahren nach einer autoritären Prozeßordnung: Wer sich verteidigt, klagt sich an. Vaters erste Einlassung war, daß man von alldem nichts gewußt habe. All das. Die Begriffe blieben ungenau, wie zum Beweis ungenauer Kenntnisse. Als Zeugin rief ich die Mutter auf. Sie bestätigte, daß die Angst groß gewesen sei. Aber vor was, fragte ich, hätten sie Angst gehabt, wenn sie von den Konzentrationslagern nichts gewußt hatten? Die Eltern konnten sich über meine Fähigkeit zu klaren Schlußfolgerungen nicht freuen. Natürlich habe man von den Lagern gehört, aber nicht von der Sache mit den Juden. Die Sache blieb weiter unaussprechlich. Die Beschuldigten verweigerten jede weitere Auskunft mit dem Hinweis: Ihr habt es doch nicht miterlebt. Vater ging zum Gegenangriff über. Er zündete sich eine Zigarre an, nahm einen kräftigen Zug und sagte: «Wenn du damals gelebt hättest, wärst du auch dabeigewesen», während das Streichholz, das er immer noch hochhielt, langsam niederbrannte. Und mit dem Dabeisein meinte er nicht die Kolonnen der Deportierten, nicht die an die Wand gestellten Wehrkraftzersetzer, sondern die Begeisterten, die Denunzianten womöglich, zumindest die Biederen, die die Arme gereckt hatten.

Die Verhandlung wurde unterbrochen. Das Gericht zog sich zur inneren Einkehr in sein Kinderzimmer zurück. Ich hatte es nicht miterlebt. Die Eltern trugen an der Schuld ihrer Zeitgenossenschaft, und ich trug an meiner Nichtzeitgenossenschaft, denn niemals, hoffentlich, würde ich beweisen müssen, daß ich mutiger als sie gewesen wäre. Aber wenn es, wie sie immer wieder behaupteten, keine Schuld aller gab, auch nicht die Schuld, geduldet zu haben, warum wurden sie dann so wütend, wenn ich sie danach fragte?

In der Schule lernte ich von den Geschwistern Scholl und Claus Graf Schenk von Stauffenberg. Einmal gab es eine Feierstunde. Der Direktor lobte die Demokratie, warnte vor der Gewaltherrschaft und rieb sich während seiner Rede nervös die Hände, weil ein Rednerpult, das ihn geschützt hätte, schon als unmodern galt. Das Pflichtpensum der jüngsten Geschichte wurde so verklemmt behandelt wie die Sexualkunde im Religionsunterricht. Dort wollte ich wissen, wie die Liebe geht, und sie antworteten, daß die Liebe etwas Heiliges sei. Hier fragte ich, wie konnte der Krieg geschehen? Und sie erwiderten, er dürfe sich nie wiederholen.

Erst später entdeckte ich hinter diesen offengebliebenen Fragen das Geheimnis der Arbeitsmoral der Väter. Sie sprachen sich von Auschwitz frei, indem sie bis zum Umfallen schufteten. Zeit zu haben, war ohnehin liederlich. Keine Zeit zu haben, hatte schon immer als Entschuldigung gereicht, auch gegenüber den schrecklichsten Verbrechen gleichgültig zu bleiben. So waren die deutschen Sekundärtugenden über den Zusammenbruch herübergerettet worden. Nun fanden die Väter ihr Glück wieder in der Pflichterfüllung, nur diesmal ohne Deutsche Arbeitsfront, in Nyltest und Sandalen, und vielleicht hatten sie wirklich nicht anders gekonnt. Man hatte ihnen beigebracht, daß Pflicht an sich schon etwas Gutes sei und Gehorsam eine Tugend und daß Fleiß einen Menschen auszeichne, gleichgültig, auf was er verwandt wird.

«Warum denn?» fragten später undankbare Kinder wie ich, denen es zu gut ging. Vater konnte mir kein einziges Mal eine richtige Antwort darauf geben. Er spürte wahrscheinlich, daß es ihn aus der Bahn werfen könne, wenn er dieser Frage zu genau nachginge. Er erinnerte mich mit leisem Vorwurf an unseren Wohlstand und fand, nachdem der liebe Gott als zu altmodisch ausgeschieden war, einen neuen Erziehungshelfer: den Kommunismus. Von nun an durfte die DDR an meiner weiteren

Entwicklung abschreckend mitwirken. Mein Cousin Thomas in Stralsund etwa hatte große Schwierigkeiten, zur Konfirmation zu gehen. Was bekam ich dagegen alles geschenkt? Onkel Heiner hatte mir eine riesige Armbanduhr mit Datum und Leuchtzifferblatt geschenkt, die meinen linken Arm so sehr herunterzog, daß Mutter befürchtete, ich könnte Haltungsschäden bekommen. Thomas dagegen hatte nicht einmal einen richtigen Konfirmandenanzug, weil es in der ganzen Ostzone nur Jugendweiheanzüge gab. Und Renate, Thomas Mutter, hatte sich über die Camelia-Binden mehr gefreut als über die Pralinen. Dieses letzte Beispiel, das Vater anführte, war Mutter gar nicht recht, denn sie hatte mir noch nicht gesagt, wofür die Binden gebraucht wurden. Jedenfalls freute sich unsere Verwandtschaft in Stralsund über die Pakete, und das bewies wenigstens für die Gegenwart, in der Weltgeschichte auf der richtigen Seite zu stehen.
Ich jedoch war undankbar. Ich ging nie hungrig vom Tisch. Ich brauchte nicht zu frieren. Ein Jahr nach der Armbanduhr bekam ich zum Geburtstag einen Plattenspieler mit Lautsprecher im Deckel. Aber die Ermahnungen der Eltern brachten mich dahin, bei allem, was ich genoß, ein schlechtes Gewissen zu haben. Mein Weg, mich zu wehren, war die Herabsetzung aller Güter und Leistungen, die sie mir dank ihres Fleißes und ihrer Sorge bieten konnten. Ich verachtete das Auto, mit dem wir spazierenfuhren, den Kühlschrank, aus dem sie mich ernährten, und den Fernseher, mit dem sie unsere Familie noch eine Zeitlang beieinanderhielten. Erst als das alles nichts mehr wert war für mich, konnte ich es ohne schlechtes Gewissen wieder annehmen. Vater warf mir vor, daß ich ihm auf der Tasche läge. Dabei hätte ich gern darauf verzichtet, wenn ich nicht zu klein gewesen wäre für die Unabhängigkeit. Ich mußte noch lange bei ihnen wohnen bleiben, aber ich zog in die innere Emigration. Die Eltern nannten das Pubertät. Ich verkehrte mit ihnen nur noch über Dienstleistungen und Sachwerte, die ich bedenkenlos annahm wie spä-

ter vom Staat das Bafög und die Fahrpreisermäßigung für alle unter sechsundzwanzig.
Sie spürten, daß ich ihnen entglitt, und verfolgten mich in ihrer Hilflosigkeit mit Lebensregeln wie: Bescheidenheit ist eine Zier, Es ist noch kein Meister vom Himmel gefallen, Was Hänschen nicht lernt, lernt Hans nimmermehr, Lehrjahre sind keine Herrenjahre. Als hätte das in den Sinnsprüchen aufgehobene allgemeine Wissen eine größere Überzeugungskraft als ihre privaten Argumente.
Ich ließ mir die Haare wachsen und hörte Popshop bei den Schularbeiten. Ich hing Starschnitte von den Beatles und den Monkees in meinem Zimmer auf. Ich lief in einem Parka herum und in Cordhosen mit Schlag. Meine Eltern schämten sich vor den Nachbarn und verhandelten mit mir über die Länge meiner Haare. Für jeden Zentimeter weniger mußten sie etwas aufs Taschengeld drauflegen.
So ging ich dem Deutschtum verloren. Ich nahm die Geschenke an, aber nicht die Tugenden, die Werte, die Moral. Ich grenzte mich ab durch eine neurotische Negation von Ordnungsliebe, Fleiß, Sauberkeit, Disziplin und Gehorsam. Das diente meinem Erwachsenwerden. Aber es war auch eine notwendige Antwort auf die Leistungen, die mit diesen Tugenden erbracht worden waren. Ich vertrat einen diffusen Antifaschismus, obwohl ich dieses Wort erst viel später lernte und es mir fremd blieb wie ein schwer auszusprechender Fachbegriff. Aber er war meine erste politische Regung, eine sehr private Bewegung eines Sohnes gegen seinen Vater, eine zufällige Verbindung von individuellem Bedürfnis und geschichtlicher Notwendigkeit.
Meine zweite Rache neben der Verachtung ihrer Leistungen war, daß ich begann, schlauer zu werden als sie. Sie hatten mich auf die höhere Schule geschickt, damit ich Anwalt werden konnte oder Erdölingenieur. Nun korrigierte ich sie, wenn sie New York oder Washington falsch aussprachen, psychisch und physisch

verwechselten, oder trieb sie mit Belehrungen über die Welternährungslage vom Mittagstisch. Während sie mich auf der faulen Haut liegen sahen, hatte ich Bücher gelesen. Jetzt konnte ich alle Bundesstaaten der USA auswendig aufsagen und kannte mich auf den belorussischen Kriegsschauplätzen besser aus als Vater, der dort gewesen war.

Ich war wirklich undankbar. Ich trieb sie zur Weißglut. Manchmal haben sie, nachdem sie vorher bei Gott geschworen hatten, daß sie so etwas Schreckliches wie einen Krieg natürlich nie herbeiwünschen würden, den Krieg doch herbeigewünscht. Keinen atomaren, nur einen pädagogischen, damit ich wenigstens einmal spüren würde, wie gut ich es eigentlich hatte.

Lebenspläne

Ich war den Eltern langsam über den Kopf gewachsen und mußte immer das letzte Wort haben. Ich war schwierig geworden, wie Mutter es ausdrückte, und beendete häufig die Diskussionen bei Tisch mit dem Satz: «Ihr versteht mich nicht.» Dann ließ ich sie verdutzt über ihrem Essen allein und rannte auf mein Zimmer. Die Eltern kamen mit mir nicht mehr zurecht, Mutter weinte manchmal, und Vater schwieg.
Meine Studienräte dagegen waren auf mich besser vorbereitet. Sie hatten oft ganz einfache Mittel, mich zum Schweigen zu bringen, Sätze wie: «Jetzt muß ich aber an deiner Intelligenz zweifeln, Grewe.» Sie hatten in den langen Jahren ihres Dienstes schon alle Tricks kennengelernt, auf die ich erst noch kommen sollte. Sie mußten schon vor renitenten Sekundanern in Deckung gehen, als ich gerade in die Sexta kam. So waren sie einiges gewohnt und nahmen sich in acht, damit sie einigermaßen über die Runden kamen. Schlagen durften sie uns nicht mehr, statt dessen bekämpften sie uns mit dem Notenbuch, in das sie mit spitzem Bleistift Eintragungen vornahmen, die sich jederzeit ausradieren ließen, sollte sich die Bewertung im nachhinein als zu günstig erwiesen haben. Sie hatten uns in der Hand, denn sie hatten etwas zu vergeben, das wir unbedingt haben wollten und zu allen unseren Plänen dazugehörte, das Abitur. Sie verwalteten unseren Aufstieg, und das taten sie mit unbestechlicher Härte. Sie waren den Eltern gegenüber im Vorteil, weil sie uns nicht liebten.
Daß sie sich mit solchen Flegeln wie uns abgeben mußten, erinnerte sie stets an ihre eigenen verpaßten Chancen. Sie schweiften vom Ablativus absolutus nach Troja und Pergamon ab, als ob sie

es selbst ausgegraben hätten. Aus binomischen Formeln verloren sie sich in Leipziger Studentenkneipen oder auf neuenglische Tenniscourts, wo sie als Kriegsgefangene dazu abkommandiert worden waren, mit ihren Vorgesetzten zu spielen. Von ihren Träumen war nur die armselige Macht über achtundzwanzig Lebensläufe geblieben.
Da gab es dynamische Naturen, die ihre Fragen wie Pfeile abschossen und ständig in Bewegung waren und behaupteten, sie hätten auch hinten Augen. Aber auch stille Wasser, die sich auf ihre überlegene Rhetorik verließen, und Ängstliche, die sich hinter ihrer Aktentasche versteckten und uns unter dem Griff hindurch belauerten.
Natürlich wußten die Lehrer, daß wir das Boyle-Mariottesche Gesetz wieder vergessen würden und auch die ersten zehn Zeilen des Gallischen Krieges, die wir auswendig lernen mußten. Aber das störte sie nicht, denn wir lernten schließlich für das Leben und nicht für die Schule. Deshalb kam es vornehmlich darauf an, guten Willen zu zeigen. Ihre Aufgabe war es, die Spreu vom Weizen zu trennen und herauszufinden, wer es später einmal zu etwas bringen dürfte, Chefarzt werden sollte oder Staatsanwalt, und wem die sittlichen Voraussetzungen fehlten, ein Akademiker zu werden. Wer da gewogen und für zu leicht befunden wurde, wie Ricky Reimann, mein Banknachbar, der mit sechzehn zwar immer noch in der Untertertia saß, aber bereits mit einer achtundzwanzigjährigen Friseuse geschlafen hatte, der fiel schnell ganz tief aus dem humanistischen Olymp auf den Boden der Lehrwerkstätten und Einzelhandelsgeschäfte. Rickys Vorbild war Ringo von den Beatles. Deshalb trug er an jedem Finger mindestens einen Ring, was damals noch verboten war und ihm mehrere Verweise einbrachte. Eines Tages, kurz vor den Zeugnissen, kam Ricky nicht mehr zur Schule und fing bei Aldi an. Bald darauf mußte er sich verloben, und später ist er Filialleiter geworden.

Mit solchen Schülern machten die Lehrer kurzen Prozeß, denn sie wollten uns schützen, solange wir noch harmlos waren. Noch hatten wir die gleiche Angst vor den Halbstarken wie sie und schwiegen betreten, wenn sie über die Langhaarigen herzogen. Doch die Lehrer spürten, daß das nicht mehr lange so bleiben würde. Und wir spürten, daß die Erwachsenen allgemein unsicher gegenüber der Jugend waren. Während wir noch nichts von der Revolte ahnten, die heraufzog, wußten die Lehrer schon, daß wir uns ihr anschließen würden. Auf einmal hatte jede gedankenlose Aufsässigkeit eine geschichtliche Bedeutung, jede vergessene Hausaufgabe wurde als Teil eines Großangriffs gewertet, der die Erwachsenen zu entmachten drohte. Mir wurden zu Hause Ereignisse vorgehalten, mit denen ich nichts zu tun hatte. Ich wurde für Steine verantwortlich gemacht, die ich nicht geworfen hatte. Woher sollte ich wissen, was die Studenten wollten? Aber ich spürte, daß sie recht hatten, als ich merkte, wer gegen sie war.

Ich durfte zuschauen '68, aber ich mußte früh ins Bett. Ich bewunderte schnell sprechende Oberprimaner, die eine Lederjacke hatten und eine feste Freundin. Sie gaben eine Schülerzeitung heraus, in der ich die meisten Artikel nicht verstand. Sie schokkierten die Schulpflegschaft mit Flugblättern über Empfängnisverhütung. Sie stürzten den alten, gnädigen Vertrauenslehrer und ersetzten ihn durch einen jungen Radikalen mit Baskenmütze. Sie fielen dem Direktor ins Wort, während ich auf einem Barren saß und wenig verstand von dem, was da verhandelt wurde in unserer Turnhalle, als es um die Notstandsgesetze ging. Der Direktor bemühte sich, die Wogen zu glätten, und setzte sich während der Podiumsdiskussion sogar zwischen die Schüler auf den Boden. Und er ließ sich auf eine Rednerliste setzen und wartete, bis ihm das Wort erteilt wurde. Er versuchte, modern zu sein, und wollte uns im Geist der Demokratie erziehen, indem er uns erklärte, wie der Bundesrat funktioniert.

Das hat nicht viel geholfen. Wenn Lehrer aufgeschlossen sein wollten, dann nur, um hinter unsere Geheimnisse zu kommen. Sie forschten nach dem Keim unserer Aufsässigkeit in den Reservaten, zu denen sie keinen Zugang hatten, in unserer Musik vor allem. Manche Lehrer versuchten auch, über lange Haare und Fransenjeans hinwegzusehen, und behaupteten, man dürfe den Charakter eines Menschen nicht nach seinem Äußeren beurteilen. Aber das war gelogen, denn damals waren lange Haare eine unmißverständliche Willensäußerung. Über John Lennon sagte mein Englischlehrer einmal, eigentlich sei das doch ein ganz sympathischer junger Mann, wenn man genauer hinsehe. Damit war das Urteil über ihn gesprochen, und ich trennte mich von meinem Lennon-Starschnitt.

Es gab wenige Lehrer, die uns wirklich ernst nahmen. Einer erregte meine Bewunderung, als er eines Morgens auf dem Lehrerparkplatz von seinem Volkswagen die Radkappen, die Antenne, eine Fußmatte und die St.-Christopherus-Plakette mit der Erklärung entfernte, alles Störende müsse weg, man müsse lernen, auf das Unnötige zu verzichten, um zum Wesentlichen zu gelangen. Einmal kam er zu spät in den Unterricht und hielt sich mit einer knappen Entschuldigung den Kopf unter den Wasserkran, weil er am Abend vorher zuviel getrunken hatte. Nachdem er sich mit dem linken Ärmel seines Pepita-Jacketts das Gesicht abgetrocknet hatte, hielt er eine Deutschstunde, die ich nie vergessen habe. So lernte ich, daß das Ordentliche und das Interessante schlecht zueinander passen.

Ich warf die Hollies in den Müll, verschenkte die Bee Gees an Iris und hängte neue Poster auf, von Jimi Hendrix und Che Guevara. Dabei hörte ich kaum Platten von Hendrix, und von Che wußte ich nur, daß er im Dschungel gekämpft hatte. Aber in meiner Vorstellung standen sie gemeinsam für das gleiche Ziel, und es ließ sich einfach kein größerer Kontrast zu meinen Erziehungsberechtigten finden als diese beiden. Robin Gibb hätte ich mir noch als Freund von Iris vorstellen können, aber unmöglich den schlaksigen Hendrix, auf unser Sofa gelümmelt mit einem bis zum Bauchnabel aufgeknöpften Hemd und einem Stachelarmband an seiner tätowierten Linken, mit der er den Kniff aus den Sofakissen drückt.

Urwaldmusik, schimpfte Vater, dem meine Musik immer zu laut war. Manchmal kam er, ohne anzuklopfen, in mein Zimmer und drehte den Ton ab. Auch ohne die Texte zu verstehen, begriff er, daß diese Musik geeignet war, seine Autorität endgültig zu untergraben. Auch ich begriff die Musik, ohne die Texte zu verstehen. Ich wußte, was gemeint war mit «AWopBopalooBopALopBamBoom», ich verstand diese Botschaft.

Zur Belustigung von Onkel Heiner ereiferte ich mich auf Familienfesten über Politik. Er hatte ein Fliesengeschäft, einen Bungalow und einen Gartenteich mit Fontäne, und deshalb war er froh, daß die Amerikaner ihn in Vietnam verteidigten. Vater sagte: «Meinst du denn, in Stralsund dürften sie so was, demonstrieren? Die wären froh, wenn sie was zu essen hätten.» Onkel Heiner sagte: «Wenn ich so einen mal erwischen würde, so einen Rudi Dutschke!» Und Vater sagte: «Der Krieg da unten ist mir egal, Hauptsache, es kracht nicht bei uns.» Mutter sagte nichts, und Tante Tina sagte auch nichts, und mir standen vor Wut die Tränen in den Augen. Ich war einfach noch nicht geeignet, Pressesprecher der ganzen Studentenbewegung zu sein.

Aber ich war auf ihrer Seite. Und da standen bald immer mehr. Denn wenn eine Bewegung erst einmal am Zuge ist, überzeugt sie weitere Anhänger auch ohne lange Traktate. Mitschüler, die sich immer noch freiwillig zum Tafeldienst meldeten, standen nicht mehr hoch im Kurs, und auch wer bei den Bundesjugendspielen in allen Disziplinen fünfundzwanzig Punkte holte, wurde nicht mehr zwangsläufig Klassensprecher.

Die interessantesten Erwachsenen standen außerhalb der Institutionen. Das waren nägelkauende Studenten, die philosophische Bücher mit sich herumtrugen und sie in Lesezirkeln Wort für Wort besprachen. Sie waren zehn Jahre älter als ich und hatten vor fünf Jahren die gleichen Fragen gestellt, die ich nun dank ihrer Hilfe auch stellte. Sie schienen nicht die geringste Angst vor irgendwelchen Erziehungsberechtigten zu haben und lachten mit der Bedenkenlosigkeit heraufkommender Sieger über alle, die zu langsam waren, ihre schnellen Ideen zu verstehen: über Religionslehrer, die es gut meinten und einen Dialog über vorehelichen Geschlechtsverkehr eröffnen wollten, ebenso wie über die Jüngeren, die noch immer «Yellow Submarine» gegen die Monkees tauschten. Sie hatten mit allem, was zwölf Wochen in der Hitparade blieb, nicht das geringste zu tun.

Ich fühlte mich als Sympathisant vorerst sicherer. Ich wollte ein guter Demokrat sein und ein guter Christ, selbstverständlich ein ganz anderer Christ als meine Eltern. Ich verstand mich zudem als Pazifist, obwohl Mahatma Gandhis Attraktivität etwas darunter litt, daß ich ein englisches Diktat über ihn schreiben mußte.

Ich hatte begriffen, daß die großen Ideen der Menschheit, vom Christentum bis zum Kommunismus, edel gewesen waren, nur die Menschen leider zu schlecht, danach zu leben. Da waren die Eltern einer Meinung mit mir, nur daß ich, mit dem Recht der Jugend, forderte, es noch einmal zu versuchen. Den Eltern war die jüngste Vergangenheit Grund genug, sich nicht mehr an Ideale zu verschwenden. Ich dagegen forderte karitatives Engagement als Wiedergutmachung. Wo es sich ergab, empfand ich Mitleid mit den Unterdrückten, oft war ich aber auch sehr enttäuscht von ihrer unendlichen Duldsamkeit.

Die Erwachsenen schnitten nicht mehr gut ab bei der Prüfung ihrer Glaubwürdigkeit. Ich hatte das Vertrauen verloren, daß, wer die Macht hat, auch im Recht ist. Onkel Heiner schien mir auf keinen Fall im Recht zu sein, wenn er samstags mit noch offener Hose vom Klo kam, weil er Angst hatte, in der Sportschau ein Tor zu verpassen. Er hielt immer zum richtigen Verein, in der Bundesliga und auch in der Weltpolitik. Er war felsenfest und zweifelsfrei und wollte auch nicht wissen, wie Vietnam richtig ausgesprochen wird. Ich dagegen hatte herausgefunden, daß die Autoritäten logen, wenn sie von Gleichheit sprachen oder erklärten, in Vietnam ginge es um die Freiheit. Deshalb wünschte ich mir, die Autoritäten sollten den Bruch zwischen den Phrasen und der Wirklichkeit schleunigst heilen. Das nannte ich antiautoritär, obwohl ich mich niemals eifriger für die Rehabilitierung von Autoritäten eingesetzt habe. Aber damals hielt ich, unbeirrbar aus Naivität, den Erwachsenen, die seit genau Mai 1945 Demokraten waren, das Grundgesetz unter die Nase und bewies mit dem Zeigefinger: «Hier steht doch, daß das Eigentum dem Wohl der Allgemeinheit verpflichtet ist!» Ich wollte gegen das Grundgesetz der Autorität die Autorität des Grundgesetzes erneuern. Die Berufung auf die Demokratie hatte damals durchaus etwas Oppositionelles.

Mehr als den Thesen des großen Bewegers SDS folgte ich einem staatstragenden Modernismus, der sich unter anderem darum sorgte, daß die Bundesrepublik bildungsmäßig keinen guten Platz auf der Weltrangliste einnahm. Eine Bildungsreform schien dringend nötig zu sein, um die Zukunft zu meistern. Und ich wollte gern mithelfen, die Bundesrepublik wieder an die Weltspitze zu führen.

Mittlerweile fühlte ich mich den Erwachsenen moralisch überlegen, und schließlich habe ich auch für Vietnam demonstriert, aber ohne ein Transparent zu halten. Mich haben die Vietcong-Fahnen gestört, die die Radikalen trugen. Aber ich habe mir gesagt: Was kann dieses bedauernswerte vietnamesische Volk dafür, daß hier ein paar Leute rote Fahnen schwenken? Was redeten die vom Subjekt der Geschichte? Was hatte das mit dem Frieden zu tun?

Meinen Lehrern war nicht entgangen, daß ich mich für Ideale

begeistern konnte. Sie wußten meine Moralität so zu nutzen wie meine Unerfahrenheit und statteten mich mit der Totalitarismusdoktrin aus und einer Sammelbüchse für Misereor.
Gutgläubig machte ich manches mit, wozu die Erwachsenen mich verführten, die plötzliche Liebe zum Zionismus etwa, mit der sie ihrem schlechten Gewissen bequem die altgewohnte Identifikation mit dem Aggressor einverleibten. Beim Blitzkrieg rechneten wir mit heißen Köpfen in der Klasse aus, wann die Israelis endlich in Kairo sein könnten.
So blieb ich lange Jahre in dieser machtgeschützten Extrovertiertheit, wie sie sich Kinder aus einem reichen Land erlauben können. Ich träumte von den Helden ferner Revolutionen und hielt die Freien Demokraten für progressiv. Ich war eigentlich immer noch recht brav, nur die Eltern und die Lehrer waren zu aufgeregt, um es zu bemerken. Meine Absichten waren die besten, nur die Mittel konnten die Eltern nicht immer billigen, wobei Vater das Auf-der-Straße-Sitzen einfach ungehörig fand, während Mutter sich sorgte, daß ich mir auf dem kalten Pflaster etwas an den Nieren holen könnte. Die Welt teilte sich in Idealisten und Materialisten, jedoch ganz anders, als ich es später lernen sollte. Materialisten waren alle, die sich jetzt einen Farbfernseher anschafften, und Idealisten waren solche wie ich, die sich über Ungerechtigkeiten beschwerten, die anderen widerfuhren.
Tief in meinem Herzen jedoch hegte ich den Wunsch, den großen Bruch mit den Erwachsenen zu heilen. Ich glaubte an Überzeugungsarbeit und versuchte mit viel Geduld, den Menschen zu erklären, daß es viel schöner sei, gut zu sein. Ich konnte mir eine solche Wandlung zwar bei Onkel Heiner und meinem Chemielehrer nicht vorstellen, aber die würden eines Tages wegsterben. Bei allen anderen sollte wachsende Einsicht die große Veränderung Schritt für Schritt vorantreiben.
Nicht nur ich, sondern die ganze unzufriedene Jugend war bis auf wenige Ausnahmen erschreckend gutwillig. Und diese Gut-

willigkeit erklärt, warum es kommen mußte, wie es gekommen ist. Als Verankerung der permanenten Revolution boten Reformer und Minister einen Wechsel von Regierung und Opposition an. Eine unverbrauchte Oppositionspartei wartete schon auf diese Aufgabe, mit der Besonderheit, daß sie sich bereits in der Regierung befand. Zwar hatte sie einige Kostproben von dem geliefert, was von ihr noch zu erwarten war, hatte die Notstandsgesetze verabschiedet, einen Alt-Nazi zum Kanzler gewählt und die Studenten von Berlin verprügeln lassen. Aber das konnte die Hoffnungen, die in die SPD gesetzt wurden, nicht trüben. Als selbst ich mich zur Apo zu rechnen begann, hatte die schon ihren Höhepunkt überschritten und bald darauf ein konstitutionelles Minimum erreicht, einen Koalitionswechsel.

Insgeheim habe ich der SPD bei Wahlen immer die Daumen gedrückt. Willy Brandt war eben ein Vater, und meine Sehnsucht nach den guten Vätern war geblieben. Andere dieser guten Väter sprachen auf Teach-ins oder schrieben im Feuilleton. Sie repräsentierten die Vernunft, die machtlos blieb. Mit Willy Brandt aber schien einer von ihnen Kanzler geworden zu sein.

Die Minister der neuen Regierung waren halbwegs intellektuell, mehrsprachig, redegewandt und erneuerungsbewußt. Manche hatten Sartre gelesen, kannten Marx zumindest aus zweiter Hand, verwechselten Dialektik nicht mit Mundart und hielten Tirol nicht für ein Bundesland der BRD. Sie gaben manchmal ohne Jackett ein Interview oder tranken Bier aus der Flasche auf der Gartenparty des Bundespräsidenten. Oder sie setzten sich zu vorgerückter Stunde ans Klavier und spielten «Tea for Two», während ihre Frauen mit Botschaftern aus Afrika Rumba tanzten. Deswegen hielt ich sie für einigermaßen links. Dieser Irrtum ist zur wesentlichen Bedingung meiner Jugend geworden.

Die neue Zeit begann mit Bibliotheken voller Strukturprogramme, und wenn einer von den dynamischen Reformern irgendwo an ein Mikro eilte, zauberte er immer gleich mehrere

Referentenentwürfe aus dem Ärmel. Ein Teil dieser Neuerungen, die man auch gern Innovationen nannte, ist wirklich begonnen worden, vor allem im Bildungswesen, wo ich noch lange Anstaltsangehöriger bleiben sollte. Damals hätte ich mir nie träumen lassen, daß dieser erste gesellschaftliche Sektor in meinem Leben zugleich der letzte bleiben würde, der mir einen sicheren Platz bieten sollte. Im Gegenteil, mit der Aufwertung des Lernens wuchs mein Gefühl, daß all das Gelernte und die Lernenden selbst in Zukunft dringend gebraucht würden. Und der Staat gab sich alle Mühe, diese Hoffnung zu schüren. Knüppelte er auch noch manche Nase blutig, so begegnete er doch der Jugend mit unverhohlener Sympathie, denn seine Verwalter hatten die Hoffnung nicht aufgegeben, daß aus manchem schlauen Trotzköpfchen doch noch etwas Rechtes werden könnte.

Ich war mittlerweile stellvertretender Klassensprecher geworden und durfte an den Schülerratssitzungen teilnehmen. Dort war ich sehr still, hörte aber gut zu. Ich gewann den Eindruck, daß die Regierung durchaus auf unserer Seite war und daß sich nur ein paar verbiesterte Studienräte, allen voran unser Chemielehrer, gegen die Reformen stellten. Und ein paar extremistische Oberprimaner warnten uns vor Illusionen, sprachen von Wahltaktik und internationalem Wettbewerb. Aber ich fand, man dürfe den guten Willen des Kultusministers nicht übersehen.

In diesen Jahren begann die große Massenbewegung in die sozialen Berufe, von denen gerade noch ein paar mehr erfunden wurden. Ich hatte mich entschlossen, Lehrer zu werden, weil im Einwirken auf die Nachkommenden der Grundstein für eine bessere Gesellschaft gelegt werden müsse und weil insbesondere die Schlechtigkeit durch freie Erziehung aus der Welt zu schaffen sei. Alle Kinder sollten ohne Angst, ohne Religion und ohne Auswendiglernen erzogen werden und viel früher als ich das Recht bekommen, selbst zu entscheiden. Eine grundlegende Reform würde die Dreiklassenschule, Latein und die Geschlechtertrennung durch eine neue Schule ersetzen, in der Lehrer und Schüler gemeinsam über Inhalte und Noten berieten. Dann würde ich meinen alten Studienräten zeigen, daß das zweite Staatsexamen kein Grund ist, sich siezen zu lassen und Schüler nicht zu versetzen, die nichts dafür können, daß die einzigen Bücher zu Hause das Telefonbuch und der Quelle-Katalog sind.

Bildung war jetzt frei verfügbar, und sie war ein Versprechen für die Zukunft. Diese Reform erschien mir als das bedeutendste Ergebnis der Revolte, und von den seelischen Folgen dieser Verwicklung blieb auch ich nicht verschont. Das Gefühl des historischen Aufbruchs vermengte sich mit meiner Überzeugung, persönlich gebraucht zu werden. Es war angenehm beruhigend, in eine Zeit hineinzuwachsen, in der meine Träume mit den allgemeinen Hoffnungen übereinstimmten. Mit Ausbildung versorgt zu sein und in der Erwartung zu leben, später einmal die Gesellschaft mitgestalten zu dürfen, das war es, was meine sozialliberale Jugend ausmachte.

Die Regierung, die alles effizienter machen wollte, hatte sich mit der Jugend verbündet, die alles demokratischer machen wollte. Es war ein unheimlicher Kontrakt für beide Seiten, denn beide ahnten wohl schon, daß sie nicht fähig und nicht willens wären, die Erwartungen des Partners zu erfüllen. In beiden Lagern gab es Extremisten, Radikale hier und Konservative dort, die erkannten auf ihre Weise die Unvereinbarkeit des Bestehenden nicht so sehr mit dem, was wir damals wollten, als vielmehr mit alldem, was wir erst noch beginnen würden zu fordern. Die Radikalen sahen voraus, daß die Ideale der Demokratie nicht vollständig unterzubringen wären im Sortiment dieser freiesten Firma, die es jemals auf deutschem Boden gab. Die Konservativen, die wegen Lübke und der Zwergschule noch immer ausgelacht wurden, brauchten etwas länger, bis sie einen plausiblen Einwand gegen die Bildungsreform gefunden hatten. Wenn jeder etwas Sinnvolles lernen würde, gaben sie zu bedenken, wolle nachher auch jeder etwas Sinnvolles arbeiten, und wer würde dann die Straße fegen? Sie warnten, daß es systemverändernd sei, den Anspruch auf Glück zu fördern.

Damit hatten sie natürlich recht. Aber das breite Mittelfeld der Vereinnahmer, das im Jahrzehnt meines Heranwachsens die Tendenz der Gesellschaft bestimmte, bot die schöneren Illusionen an. Und der Staat erklärte sich bereit, jedem, der sich immatrikulieren wollte, den Ernst des Lebens noch ein paar Jahre zur Bewährung auszusetzen.

Die Zeit ermutigte zur Phantasie. Wann alle Veränderungen erreicht sein sollten, konnte ich mir nicht vorstellen. Das alles sollte sich ergeben, wenn ich erwachsen wäre. Ich freute mich darauf, einmal in einer sich ständig verbessernden Gesellschaft meinen Platz einzunehmen. Nicht mit Stechuhr und Routine, sondern mit Selbstverwirklichung und gesellschaftlicher Relevanz. Ich wollte nützlich sein und wichtig. Ich wollte mitmachen beim modernen Deutschland. Nicht weil ich mich auf den mißverstandenen Marsch durch die Institutionen begeben wollte, sondern weil ich damals wirklich der Zukunft mit guten Gefühlen entgegensah.

Der gealterte Zeitgeist

Endlich hatte ich eine feste Freundin. Ich war zwar schon oft verliebt gewesen, aber bisher noch nie sehr weit gekommen. Sabine hatte lange blonde Haare, die sie stundenlang hingebungsvoll nach Spliß untersuchen konnte, was ich sehr süß fand. Ich zeigte mich gern mit ihr in der Öffentlichkeit und legte meinen Arm um sie, damit jeder sehen konnte, daß wir zusammengehörten, obwohl das sehr anstrengend war, weil sie kaum kleiner war als ich.

So war ich ein Stück erwachsen geworden, aber ich fühlte mich immer noch nicht als Mann. Ein richtiger Mann mußte nicht wie ich jeden Abend zum Essen zu Hause sein und auch nicht vormittags Vokabeln aufsagen. Ein richtiger Mann war mindestens vierzig und trug natürlich auch keine Aktentasche wie Vater und auch keine Socken unter den Sandalen wie meine Lehrer, sondern war ein braungebrannter Einzelgänger, der im Unterhemd Revolution machte und im Unterstand Gedichte schrieb. Und Sabine war auch noch keine richtige Frau wie die Sekretärin im Vorzimmer des Direktors, die eine rauchige Stimme hatte und Nylonstrümpfe mit Naht trug.

Sabine mußte jeden Abend um zehn Uhr zu Hause sein. Unsere Verabredungen fanden am hellen Nachmittag hinter zugezogenen Vorhängen im geliehenen Zimmer ihres älteren Bruders statt, der Soziologie studierte. Mit dem zusammen hatte ich eines Nachts etwas an das Schulgebäude gemalt. Damals gab es noch keine Spraydosen, und vor Aufregung hatte ich «antiimperialistisch» mit einem «i» geschrieben, und der Direktor hatte in der Lokalzeitung erklärt, solange der Antiimperialismus an seiner Schule noch Schwierigkeiten mit der Orthographie habe, sei Deutschland nicht verloren.

Die Schulzeit dauerte viel zu lange. Ich sehnte das Abitur herbei, denn das Ende meiner Schulzeit sollte auch das Ende meiner Kindheit werden. Ich fühlte mich in dem Doppelleben nicht mehr wohl, das ich als Primaner führte. Zu Hause war ich immer noch das Kind meiner Eltern, die sich ständig irgendwelche Sorgen machten und mir mit ihren bohrenden Fragen überall im Weg standen. Und während ich draußen die Polizeibeamten Faschisten nannte, mußte ich zu Hause wegen der nächsten Verhandlungen über das Taschengeld den Frieden wahren. Draußen war ich radikal, belesen und ermüdend eloquent, zu Hause lebte ich immer noch in meinem Kinderzimmer, in dem sich seit meinem elften Lebensjahr nichts mehr verändert hatte.

Da gab es ein Klappbett, schmal wie eine Gepäckablage, das die Tür blockierte, wenn es einmal hergerichtet war, einen Kleiderschrank aus Kiefernimitation und einen Schülerschreibtisch aus dem gleichen Material, und noch ein Hängeregal aus schwarzem Draht, auf dem neben einigen neuen deutschen Erzählern auch noch meine Kinderbücher standen, unter anderem drei Fury-Bände und «Das große Universum». Nur von den unnützen Möbeln hatte ich mich trennen können, von einem irreführend bequem aussehenden Korbsessel und einem Couchtisch mit Zeitschriftenablage und angebauter Stehlampe. Für solche Imitationen der erwachsenen Wohnwelt war ich doch schon zu alt.

Die Zimmertür war nicht abschließbar. Mutter ließ es sich nicht nehmen, mein Zimmer jeden Morgen aufzuräumen. Sie wollte sich nicht damit abfinden, daß ihr Sohn ihr entglitt, und sie wollte sich auch nicht mit all den anderen Frauen abfinden, die mir wichtiger werden sollten als sie. Sie setzte ihre Migräne als Kampfmittel ein. Ich durfte bald nach Hause kommen, wann ich wollte, aber sie hatte kein Auge zugetan, bis sie mich endlich kommen hörte.

Wollte ich mal eine Nacht wegbleiben, mußte ich mir eine gute Begründung einfallen lassen. Am meisten erschienen den Eltern Unternehmungen vertretbar, die in irgendeiner Form mit Bildung zu tun hatten. Alle Vergnügen sollten nach Möglichkeit organisiert sein, und je mehr daran teilnahmen, desto besser. Eine Gruppe beruhigte die besorgten Eltern, die in der Paarung die Gefahr witterten. Aber ich wollte mit Sabine nicht länger mit dem Jugendherbergswerk verreisen, wo wir schon an der Pforte separiert wurden und lernen mußten, wie man eine Wolldecke so zusammenlegt, daß beim Entfalten mit einem Griff das Kopfende oben liegt und das Fußende unten. Wir wollten nicht mehr verschickt werden, sondern allein fremde Städte entdecken, auch wenn wir beim Touristenmenü immer wieder übers Ohr gehauen wurden. Und wenn es auf dem Campingplatz in der Camargue fünf Tage lang geregnet hatte, gingen wir in ein Hotel, und ich verlangte mit belegter Stimme ein Doppelzimmer, was uns ohne jede Schwierigkeit gewährt wurde, so als ob man uns nicht ernst nehmen würde. Dann lag ich ausgestreckt zwischen unseren Rucksäcken auf dem Bett, betrachtete Sabine durch eine Milchglasscheibe unter der Dusche, rauchte schwarze Zigaretten und bedauerte, daß mich niemand von meinen Freunden so sehen konnte.

Im Ausland schämte ich mich, Deutscher zu sein, und hätte es auch am liebsten allen Einheimischen erklärt. Die Amsterdamer Kellner oder die Zimmerwirtinnen in der Provence, sahen sie es meinen ungepflegten Haaren und meiner nachlässigen Kleidung denn nicht an, daß ich mich mit ihnen verbrüdern wollte? Konnten sie an meinem Schlafsack und meinem Brustbeutel nicht erkennen, daß ich mich von der Vergangenheit distanzierte?

Der Urlaub endete immer viel früher als geplant, weil das Geld schnell ausgegeben war. Das Erwachsensein war furchtbar teuer, und ohne die Unterstützung der Eltern hätte ich gerade noch mit den Pfadfindern ins Sommerlager im Westerwald verreisen können. Aber einen zwar geringen, doch für mein Selbstbewußtsein bedeutsamen Anteil habe ich immer selbst beschafft. Ich steckte nachmittags Einladungen für Kaffeefahrten in die Briefkästen. Es war zwar verflucht wenig, was ich abends in meinen verfrorenen Händen hielt, aber es war selbstverdientes Geld. Oder ich half zweimal wöchentlich beim Auffüllen der Regale im Sparmarkt bei uns auf der Ecke. Dann konnte ich mir Wünsche wie eine vorgewaschene Jeans oder eine Karte für ein Popfestival kaufen, wofür Vater weder Verständnis noch Geld gehabt hätte.

Die Festivals waren ein weiterer Anlaß, von zu Hause wegzubleiben. Die Eltern konnten sich nicht recht vorstellen, wie es dort zuginge. Sie fragten, ob es nicht furchtbar langweilig sei, zwei Tage lang immer die gleiche Musik zu hören, und wo wir überhaupt übernachten würden. Ich beruhigte sie und erzählte, daß wir in Zelten schliefen und nicht draußen auf der Wiese.

So wie die Festivals stellte ich mir die ganze Zukunft vor, eine sanfte Republik von freundlichen Leuten mit langen Haaren. Dort konnte man jeden um Zigarettenpapier bitten, und wenn einer dem anderen über den Schlafsack stolperte, dann sagte er «Sorry», und der andere «Ist schon in Ordnung, Mann.» Immer wieder wurde ich von wildfremden Menschen zu einer Pfeife eingeladen. Dann versicherte man sich gegenseitig, daß der Shit ungewöhnlich gut war und man selbst richtig schön zu. Die Stars auf der Bühne waren auch freundlich. Sie redeten von Peace und Friendship, und das reichte völlig aus, uns das Gefühl zu geben, es gehe voran. Wir waren sehr dankbar, und wenn einer von oben herunter fragte, ob wir «ready» wären, dann riefen wir freudig «Yeah».

So kamen alle auf ihre Kosten. Die Bands machten ein gutes Geschäft, und wir hatten eine gute Zeit. Dabei waren die Regeln autoritärer als in einem Schullandheim. Aber wir ertrugen es geduldig, von langhaarigen Roadies in speckigen T-Shirts zwischen Absperrungen nach Flaschen und Cassettenrecordern gefilzt zu werden. Hauptsache, wir wurden nicht wie Kinder besonderen Regeln unterworfen. Solange man uns genauso reglementierte wie die Erwachsenen, waren wir eigentlich ganz zufrieden.

Wenn ich dann nach zwei Tagen heimkam und Mutter mir zur Begrüßung das Heu aus den Haaren pickte und an mir schnupperte, um etwas über mein Wochenende in Erfahrung zu bringen, spürte ich besonders deutlich, wie eng es mir mittlerweile zu Hause geworden war. Es gab nicht nur ständig Ärger wegen des blockierten Telefons oder des falschen Fernsehprogramms. Ich hatte für mein eigenes Leben keinen Raum, denn mein Zimmer war nicht mein Zimmer. Sobald das Abitur geschafft war, wollte ich endlich ausziehen. Aber zunächst griff eines Morgens mit einem eingeschriebenen Brief der Staat nach mir, zitierte mich in das Kreiswehrersatzamt, schaute mir in das Gebiß, maß meinen Rücken, zählte meine Herzschläge und musterte kritisch mein Geschlechtsteil, an dem noch beide Hoden vorhanden waren, wie der Stabsarzt penibel feststellte. Ich war voll tauglich.

Natürlich war ich längst entschlossen, den Wehrdienst zu verweigern. Selbst meine Eltern hätten sich gewundert, wenn ich mich widerspruchslos in eine Kaserne hätte abkommandieren lassen. So hatte ich den Verweigerungsantrag schon gestellt, bevor der Musterungsbefehl eingetroffen war, denn das erhöhte die Chancen.

Nun hieß es Gründe finden. Meine eigenen Gründe konnte ich dem Prüfungsausschuß schlecht schreiben: «Ich habe Angst, daß sich Sabine von mir trennt, wenn ich anderthalb Jahre in Buxtehude bin. Außerdem sehe ich mit kurzen Haaren schrecklich aus. Ich möchte auch nicht in einer Kaserne wohnen müssen, mit elf anderen auf einem Zimmer, wo jeder Witz anfängt mit: ‹Geht ein Mann in den Puff ...› Außerdem glaube ich nicht, daß uns die

Russen bedrohen und eines Tages rüberkommen, nur weil sie die Röhren, Jeans und Lippenstifte nicht mehr bezahlen können, die sie hier kaufen. Und es ärgert mich, daß sie bei Werner Höfer immer alle andern gegen sich haben. Man könnte bestimmt noch mehr für die Entspannung tun, und wenn man nicht immer auf den Russen rumhacken würde, hätten sie vielleicht schon längst die Rolling Stones reingelassen.»

Nein, zumindest richtig pazifistisch mußten meine Einwände sein. Es war erstaunlich, in einer Zeit, in der kein Mensch daran dachte, daß es noch mal Krieg geben könnte, besondere Begründungen finden zu müssen, warum mein Gewissen mir verbot, Soldat zu spielen. Selbst meine Eltern sagten immer, daß die ganze Rüstung eine gigantische Verschwendung sei, unnütz wie der Butterberg.

Wenn im Bundestag immer noch jemand wetterte, die Entspannungspolitik verstoße gegen das Selbstbestimmungsrecht des deutschen Volkes, galt das allenfalls als lästige Wortmeldung aussterbender Randgruppen. Beim Mißtrauensvotum gegen Willy Brandt war der Unterricht ausgefallen, und alle hatten die Fernsehübertragung verfolgt, und am Vorabend waren wir für die Ostverträge durch die Straßen gezogen. Das war die erste Friedensdemonstration meines Lebens. In diesem Klima schien die Bundeswehr nur noch aus Gründen der Traditionspflege aufrechterhalten zu werden, und Wehrdienstverweigerung war so selbstverständlich, daß sie sich kaum begründen ließ.

«Den Wehrdienst können Sie gar nicht verweigern», belehrte mich der Prüfungsvorsitzende. «Sie können allenfalls den Kriegsdienst mit der Waffe verweigern. Wenn Sie dafür gute Gründe geltend machen, werden sie zur Ausbildung für den Dienst an der Waffe nicht herangezogen. Aber das eine ist eine Folge des anderen.» Schon hatte ich einen Minuspunkt, bevor die Befragung begann, nur weil ich in meinem Antrag das falsche Wort geschrieben hatte. «Sehen Sie», fuhr der Vorsitzende fort, «die meisten jungen Leute wollen den Wehrdienst vermeiden. Ich unterstelle Ihnen nicht, daß das bei Ihnen auch so ist, ich mache Sie nur darauf aufmerksam. Wenn Sie lediglich an der Dienstzeit vorbeikommen wollen, können Sie sich nicht aufs Grundgesetz berufen.» Danach war ich zum Glück so unsicher geworden, daß ich meinen prinzipiellen Pazifismus nur noch stotternd vorbringen konnte. Da keines meiner Argumente mehr logisch zum anderen paßte, glaubte man mir die Gewissensgründe, und ich wurde anerkannt.

Ich suchte mir eine Zivildienststelle und wurde schnell mit einem Kinderheim in der Nähe einig. Zum Glück gab es dort keine Schlafmöglichkeit für mich, und sie erteilten mir eine Heimschlaferlaubnis, aber zu Hause wollte ich auch nicht länger bleiben. Mutter verstand nicht, warum, wo ich doch das Kinderheim in dreißig Minuten erreichen konnte. Wie oft hatte sie mich gefragt, wann ich endlich erwachsen werden würde, jetzt ging es ihr plötzlich viel zu schnell. Ich gab zu bedenken, daß ich zum Studieren vielleicht sowieso in eine andere Stadt ziehen würde. Resigniert entgegnete Mutter: «Du hast doch alle Freiheit hier. Wir mischen uns doch in nichts ein.» Sie schaute hilflos zu, wie meine Schritte ihr Leben veränderten, und fürchtete sich vor der Einsamkeit. Und sie fürchtete, daß sich von ihren Träumen keiner erfüllen würde, daß sie zu lange auf Schwiegertochter und Enkelkinder würde warten müssen.

Vater schwieg. Ein neunzehnjähriger Bursche sollte durchaus lernen, auf eigenen Füßen zu stehen. Für seinen Geschmack war meine Jugend ohnehin zu behütet gewesen. Und so ließen sie mich schließlich ziehen. Statt des Taschengeldes gab es nun eine Aufwandsentschädigung für den Zivildienst. Das reichte nicht ganz zum Leben, aber fast, und den Rest wollten nach zähem Ringen die Eltern zuzahlen.

Von allen Schritten aus der Kindheit war die erste eigene Wohnung der größte. Der Weg, den ich nun eingeschlagen hatte, sollte mich in die Welt der Erwachsenen führen, die ich mir natürlich ganz anders vorstellte als die meiner Eltern, aber immer noch als eine erwachsene Welt. Ich hatte endlich eine eigene Adresse, konnte meine Freunde zu Hause empfangen und sie schon an der Tür fragen, was sie trinken wollten.

Das Zimmer lag unter dem Dach und hatte statt eines Fensters eine Luke, die zum Lüften mit einem Eisenstab nach oben geschoben werden mußte. Der Altbau war renoviert und gehörte einem Elektrikermeister, der das Dachgeschoß eigenhändig und illegal ausgebaut hatte. Deshalb gab es auch keinen schriftlichen Mietvertrag, und die 90 Mark Miete sollten bar bei seiner Frau bis zum Dritten des Monats bezahlt werden.

Die Matratze lag auf dem Boden, wie ich es mir vorgestellt hatte, seit mir mein Klappbett, Modell «Junior», zu eng geworden war. Der Plattenspieler stand auch auf dem Boden, was nichts ausmachte, weil der Student, der unter mir wohnte, noch lautere Musik hörte als ich. Auch die Taschenbücher fanden auf dem Boden Platz. Mein Kleiderschrank hätte noch auf den Treppenabsatz vor der Tür gepaßt, doch ich wollte nie mehr einen Kleiderschrank haben und restaurierte statt dessen eine alte Truhe mit schwarzer Lackfarbe. Als Schreibtisch diente eine Tischtennisplatte, die ich über zwei Böcke legte. An der Wand hingen ein Plakat gegen die Junta in Chile und Dalís brennende Giraffe. Aber das erschien mir nicht als Widerspruch.

Der Zivildienst in dem Kinderheim war nicht nur ein lästiger Aufenthalt vor dem Studium, er war auch langweilig. Ich hatte drei Kolleginnen, die mit mir so wenig anfangen konnten wie ich mit ihnen. Sie waren verheiratet und ließen sich mit ihren Familiennamen anreden. Ich dagegen hatte den Kindern sofort das traute Du angeboten, um die autoritären Strukturen aufzubrechen. Aber davon verstanden die Kinder noch nichts und tanzten mir auf der Nase herum. Da war ich oft froh, wenn ich ein verstopftes Waschbecken reparieren mußte oder den Rasen zu schneiden hatte. Das war weniger anstrengend, als mit den Kindern im Wald spazierenzugehen, wo ich sie ständig zählte, aus Angst, eines zu verlieren.

Samstags traf ich die Schulfreunde in demselben Tschibo-Ausschank, wo wir früher die Freistunden verbracht hatten. Das Erwachsenwerden hatte uns in Kasernen, Altenheime, Hochschulen und Versicherungsbüros verschlagen. Dort waren wir fürs erste fremd und allein, und so versuchten wir, uns in der Heimat zu wärmen.

Es verging ein nutzloses Jahr und mehr. Sabine kam noch eine Zeitlang jeden Freitag aus Marburg, ging mit mir ins Bett und übernachtete bei ihren Eltern. Dann wurden ihre Besuche immer seltener und hörten schließlich ganz auf, weil sie mit einem Studenten zusammengezogen war. Ich war immer noch kein Student und fand auch erst mal keine Freundin mehr. Ich ließ mir einen Bart wachsen, der den blassen Teint meines Gesichts verdeckte und meinen Unterkiefer willensstark hervortreten ließ. Ich bedauerte, damals den Gitarrenunterricht abgebrochen zu haben, denn ich konnte nur «We Shall Overcome» spielen und «La poupée qui fait non», und damit ließ sich niemand beeindrucken. Ich wäre gern Baßmann gewesen oder noch lieber Saxophonist. Ich schrieb wieder Gedichte, machte mit bei Amnesty International und schickte Postkarten an den Gefangenen des Monats. Ich war sehr ernst und sehr geschäftig.

Dann durfte ich endlich anfangen zu studieren. Meinen Studienplatz wollte offenbar sonst niemand haben, ich bekam ihn auch ohne ZVS, mit einem durchschnittlichen Zeugnis am Schalter der nächstgelegenen Universität. Es war nicht mehr die Zeit der berühmten Lehrer, für die man in die Ferne zog. Wissenschaft und Forschung waren in kurzer Bauzeit auf einem Acker vor der Stadt untergebracht worden. Die Uni war neu, an manchen Stellen roch es noch nach frischer Farbe. Das Gras auf dem Campus war gerade angewachsen, und an den dünnen Bäumchen flatterten noch die Zettel mit den lateinischen Namen. Die Studiengänge waren neu und ließen mir die Wahl zwischen Soziolinguistik und dem «Nibelungenlied». Die Professoren waren auch neu und sahen nicht anders aus als die Oberstudienräte an meinem Gymnasium. Nun durfte ich als reformiertes Arbeitnehmerkind meinen Weg in die Chancengleichheit antreten.

Ich lernte, daß alle Seminare eine Viertelstunde später anfingen als angegeben und daß es keine Fünfminutenpause zwischen zwei Seminarstunden gab. Ich lernte, daß ich mir meinen Stundenplan selbst zusammenstellen mußte. Ich lernte, daß ich aufstehen durfte, wann ich wollte, und daß niemand auf mich aufpaßte, außer bei Klausuren. Ich lernte, daß mir niemand Fragen stellte, ich aber ungefragt reden durfte. Ich lernte Referate schreiben, las viele Bücher, aber immer nur ein paar Seiten daraus, schrieb die wichtigsten Sätze ab, die in den Bibliotheksexemplaren ohnehin schon immer irgend jemand mit Bleistift unterstrichen hatte, und trug sie stockend vor. Ich lernte, daß sich mancher einfache Gedanke viel besser anhört, wenn man ihn kompliziert ausdrückt. Ich lernte Abkürzungen. Ich lernte, daß die Professoren doch nicht mit Farbbeuteln beworfen wurden. Und ich lernte, daß die Assistenten gern Samtsakkos trugen und altmodisch geschnittene Hosen. Sie hielten einführende Seminare und ermahnten uns, nicht alles so ernst zu nehmen und nicht zu fleißig zu sein. Für mich hörte es sich damals wie ein richtiger Beruf an, Assistent zu sein, denn ich ahnte noch nicht, wie vergänglich solche Stellen sind. Geheimnisvoll jedoch erschien mir die staatliche Alimentierung dieser grandiosen Freiheit. Und die Assistenten haben zu diesem Bild kräftig beigetragen, indem sie mit uns fraternisierten, unsere sorglose Lebensweise teilten, mit ihrer Pflichtvergessenheit kokettierten, die Schönheit der Kunst genossen und über die Anonymität des Hochschulbetriebs klagten. Es war ihnen äußerst unangenehm, uns mit irgendeiner amtlichen Tätigkeit zu begegnen, und am

liebsten hätten sie die Scheine blanko unterschrieben, aber das wollten wir ja nicht.
Sie verstanden unsere Artigkeit nicht, sie waren vor kurzem selbst noch Studenten gewesen, und zwar zu einer Zeit, als noch was losgewesen war, damals in Heidelberg oder West-Berlin. Daran erinnerten sie sich gern. Aber offenbar hatten sie sich, bevor sie dazu kamen, die Revolution zu machen, einigen interessanten Problemen ihres Fachs zugewandt. Beredsam und aufgeweckt, wie sie waren, war ihnen in den Oberseminaren die Gunst ihrer Professoren zugefallen, die junge Engagierte schätzten und sie bei der nächsten Berufung gleich mitnahmen.
Für mich war die Uni zunächst ein einziger Spaß. Ich saß mit großen Kinderaugen im Hörsaal und wunderte mich, wie jemand neunzig Minuten lang reden kann, ohne vom Blatt abzulesen. Ich staunte über die vielen schönen Studentinnen, die manchmal ganz in meiner Nähe saßen, und oft vergaß ich, der Vorlesung zu folgen, weil ich in die Betrachtung eines schlanken Nackens eine Reihe unter mir versunken war.
Ab und zu kam der Fachschaftsrat mit einem Megaphon vorbei und informierte über die neueste Novelle der Lehrerprüfungsordnung und ihre staatsmonopolistischen Hintergründe. Manchmal wurde auch demonstriert, aber nur nach gründlicher Vorbereitung. Immer seltener wurde dabei gefordert, etwas Neues zu erreichen, immer häufiger ging es darum, etwas Neues abzuwehren. Aus der Hochschulreform, die die Studenten einmal gefordert hatten, war eine Hochschulreform geworden, mit der die Regierung drohte.
Nach einem Semester gründete ich mit drei Kommilitonen eine Wohngemeinschaft in einer Altbauetage an der Bahnlinie, für die niemand sonst so viel Geld bezahlt hätte. Mein Elektromeister war sauer, weil ich schon nach knapp zwei Jahren wieder auszog. Wenn das so weitergehe mit dem Rein und Raus, sagte er, an den Türrahmen gelehnt, während ich damit beschäftigt

war, das Zimmer besenrein zu hinterlassen, dann sei Schluß mit den Studenten, dann kämen da alte Leute rein. Ich glaube, er hielt mich für undankbar.

In unsere Wohngemeinschaft hätten wir gern auch ein oder zwei Frauen aufgenommen, aber es fanden sich keine. Abends saßen wir mit unseren zugewachsenen Gesichtern um den Küchentisch, tranken Bier und stritten uns über die Ausgangsleistung unserer Verstärker.

Für Mutter waren wir eine Kommune. Ich erklärte ihr geduldig, daß bei uns alles ganz sittsam und zweckmäßig zugehe und wir keineswegs alle in einem Bett schlafen würden. Und mehr als sittsam und ökonomisch war unser Zusammenleben wirklich nicht. Es war eine dem Studentenwohnheim nachempfundene Wohnform aus Nachlässigkeit und neugewonnener Freiheit, wo in der Küche alle die Plakate aufgehängt wurden, die keiner in seinem Zimmer haben wollte. Mit großer Hingabe arbeiteten wir detaillierte Putz- und Spülpläne aus, die dann doch nicht eingehalten wurden, und auf ausdrücklichen Wunsch des Vermieters hängten wir Gardinen in die Fenster.

Die Zimmer waren alle gleich ausgestattet. Ein Regal an der Seitenwand reichte stets bis zum Fenster, unter dem der Schreibtisch stand. An ihm klemmte eine schwenkbare Schreibtischlampe, die dem Angenehmen und dem Nützlichen Rechnung trug. Der Schirm konzentrierte den Lichtkegel auf die Lektüre, und zur Intimbeleuchtung ließ er sich mühelos noch oben zur Decke drehen. Schließlich stand in der Nähe des Schreibtischs, und wenn man in einem einzigen Zimmer lebt, ist alles in der Nähe, das Bett, das immer unordentlich aussah. Darüber hing in meinem Zimmer Picassos «Guernica», daneben das Antikriegsposter «Why» und auf der gegenüberliegenden Wand die Marilyn-Monroe-Graphik von Andy Warhol und ein kleines eingerahmtes Bild von Franz Kafka.

Einen seltsamen Gegensatz zu der bescheidenen, aber praktischen Gemütlichkeit bildete die Unterhaltungselektronik, mit der unsere Zimmer über und über bestückt waren. In preiswerten Regalen hatten wir Beschallungsgeräte untergebracht mit Armaturen wie in einem Flugzeug-Cockpit, unsere Vergewisserung, daß wir zu leben verstünden. Ich hatte mein japanisches Elektro-Kombinat nach einem schweren Job in einer Spedition erworben, für den ich mich belohnen wollte.

Noch immer bezahlten meine Eltern die Miete, weil mein Bafög nicht ausreichte. Am Wochenende habe ich meine Wäsche nach Hause gebracht, und mit «zu Hause» war noch jahrelang die elterliche Wohnung gemeint. Mutter fühlte sich gern für meine Unterwäsche verantwortlich. Sie ergriff dankbar jedes kleine Band der Abhängigkeit, das ich ihr bot. Und es waren nicht nur die Eltern, die mich einholen wollten wie einen Drachen an einer langen Leine, wenn ich krank war und mich von ihnen pflegen ließ. Auch ich genoß diese Sicherheit. Es war beruhigend, daß die Eltern dawaren, wie ein Brückengeländer beruhigt, ohne daß man es benutzt. Natürlich wollte ich unbedingt vermeiden, sie um Unterstützung zu bitten. Aber was wußte ich von dem Staat, der gerade seine Gesetze darauf einrichtete, einen arbeitslosen Mann noch mit vierzig an das Portemonnaie der Eltern zu binden? Was ahnte ich überhaupt von der Zukunft, die mich erwartete und die damals schon vorgezeichnet war? Immerhin, fröhlich stellte ich mir die Zukunft nicht mehr vor. Auf einmal hieß es, der Wind habe sich gedreht im Land. Ich weigerte mich noch, es zu glauben, aber schal war sie trotzdem geworden, die vielversprechende Zeit.

Als abschließendes Reformationsgeschenk beschloß der Staat meine vorgezogene Volljährigkeit. An einem ersten Januar gab er sie mir und Millionen anderen mit auf den Weg. Es war das letzte, was er für mein Aufwachsen zu tun bereit war. Nicht einmal in das juristische Erwachsensein bin ich hineingewachsen, es wurde mir dekretiert, kurz bevor der väterliche Kanzler zurücktrat und durch einen hanseatischen Strategen ersetzt wurde. Wegen eines Spions, dachte ich. Was wußte ich schon von der Wirtschaftskrise?

Dabei bin ich nicht sorglos gewesen, und die Vorzeichen des Niedergangs sind mir nicht entgangen. Aber manches geschieht schneller, als sich eine Erklärung dafür finden läßt. Ich hatte mich gerade damit abgefunden, daß ich zu spät auf den Campus gekommen war, hatte enttäuscht feststellen müssen, daß die ruhmreichen Jahre der Revolte schon lange vorbei waren, ihre Helden ausstudiert hatten und die Nachfolgenden wild entschlossen waren, endlich etwas zu lernen. Die wenigen besorgten Lehrerstudenten diskutierten über den Pillenknick, und ich hörte irritiert zu. Ich ahnte langsam, daß der ganze schöne Vertrag, den der Staat einmal in der kurzen Zeit des Reformismus mit mir unbegrenzt Ausbildungswilligem abgeschlossen hatte, nicht so ernst gemeint war. Natürlich hatten sie mich vor Jahren aufgerufen, Lehrer zu werden, um der Nation über den Bildungsnotstand hinwegzuhelfen. Jetzt mußte ich zahllose Resolutionen an alle möglichen Säulen unserer schwankenden Gesellschaft unterschreiben, deren Wohlwollen uns Studenten nicht mehr sicher schien. Auf Vollversammlungen entwarfen wir Briefe an den Wissenschaftsminister und teilten hochachtungsvoll mit, daß es auch künftig nicht zuwenig Schüler für uns kommende Lehrer gäbe, vorausgesetzt, es würde noch die eine oder andere Reform verwirklicht.

Doch die Freunde der freien Marktwirtschaft, jene starken Naturen, denen der Sozialstaat ohnehin schon lange zu weit ging, weil sie ahnten, daß sie etwas verlieren könnten, beschlossen nun, das Problem von der entgegengesetzten Seite anzugehen. Wenn es nicht zu wenige Schüler gebe, argumentierten sie, dann seien es eben zu viele, und damit auch zu viele Lehrer und Lehrerinnen. Man hätte die einen nicht aufs Gymnasium und die anderen nicht an die Uni gehen lassen sollen. Es gab auf einmal zu viele Ausländer und zu viele Lehrer für die ausländischen Kinder, zu viele Jugendliche überhaupt und zu viele Sozialarbeiter für die arbeitslosen Jugendlichen, zu viele Alte und zu viele Altenpfleger, zu viele Kranke und zu viele Krankenbetten, es gab zu viele Menschen, die arbeiten wollten, und zu viele, die nicht mehr arbeiten wollten. Alle waren zuviel.

Die Elitetruppen, die an das freie Spiel der Kräfte glauben, sagten: Das läßt sich einfach nicht mehr bezahlen! Sie sagten nicht, aus welchem Topf da bezahlt wurde und wer wem etwas schuldig war, sie sagten nur eine sehr einfache Wahrheit, die wir hinter all ihrer Ideologie von Leistung und vererbter Intelligenz hätten ernst nehmen sollen. Sie sagten: Bald werden wir uns um den Kuchen härter streiten müssen. Der Wind hat sich gedreht im Land.

Heute frage ich mich, warum mir die große Zeitenwende damals schlicht entgangen ist. Dabei las ich noch viele Zeitungen, sogar ausländische, studierte aufmerksam die Auslagen auf den Büchertischen in der Uni und warf kaum ein Flugblatt ungelesen in den Papierkorb. Tüchtige Menschen dagegen wie Onkel Heiner, der behauptete, ausgebeutet zu werden, weil seine Einkommensteuerprogression zu hoch war, und wie mein Vater, der sich erst für die Weltpolitik interessierte, als die Benzinpreise stiegen, hatten schon gemerkt, wo es langging, als ich noch dachte, daß selbst die schlechten Nachrichten ihr Gutes hätten, weil sie der Empörung dienten. Aber irgendwann waren es zu viele geworden, um sich noch zu empören.

Die Geschichte, wie sie später einmal in den Geschichtsbüchern erklärt wird, bleibt meist hinter den kleinen Einzelheiten des Tages verborgen, die in den Nachrichten gemeldet werden, und in den Nachrichten wird nur gemeldet, was ein Datum hat. Die Portugiesen ziehen sich aus Angola zurück, die Amerikaner aus Laos, die Spanier aus der Sahara, die Weißen aus der Regierung von Zimbabwe. Aber die Vielfalt der Nachrichten macht die

Geschichte unübersichtlich. Im Chaos der Einzelheiten wird alles gesagt und das Wichtigste verschwiegen.
Was habe ich behalten von der Tagesschau in diesen Jahren? Schwarzweiße Bilder einer Handkamera, die durch ein iranisches Dorf nach einem Erdbeben stolpert, das Standfoto eines toten Palästinensers mit viel Blau im Hintergrund, und immer wieder Satellitenfotos von immer gleich aussehenden Männern in dunklen Anzügen, die aus Verhandlungszimmern treten, Männer, die Schriftstücke unterzeichnen, Männer auf Flugplätzen, Männer vor Mikrophonen, Männer, die eine Ehrenformation abschreiten.
Eine Tendenzwende hat kein Datum, eine internationale Wirtschaftskrise hat kein Datum, und Amerikas fehlende Märkte haben auch kein Datum, das die Nachrichten vermelden. Vielleicht wurde mein Arbeitsplatz erst abgeschafft, nachdem die Guerilla einige Märkte abgeschafft hatte. Ich habe damals nicht nach Zusammenhängen zwischen dem Defizit der amerikanischen Außenhandelsbilanz und arbeitslosen Lehrern in der Bundesrepublik gefragt. Und als die letzten amerikanischen Kämpfer in überfüllten Helikoptern aus Saigon flohen, habe ich nicht daran gedacht, daß diese Ereignisse auf der anderen Seite der Welt auch mein Leben verändern würden. Da hätte ich nie geglaubt, daß die Niederlage der Amerikaner dazu beitragen könnte, meine Ausbildung nutzlos und mich selbst zum überflüssigen Sozialfall zu machen.
Als ich für die Befreiung unterdrückter Völker auf die Straße gegangen war, hätte ich mir nicht träumen lassen, daß dort, wo die exotischen Adressaten meiner Solidarität herkamen, auch meine Zukunft entschieden wurde. Ich übte mich als kritischer Beobachter und erteilte den regierenden Revolutionen Noten, denn nur Unterdrückte sind unschuldig. Auf einmal wurden Ölquellen von den Ländern beansprucht, die sie besaßen. Verzweifelte Autofahrer wie Onkel Heiner schimpften auf die Araber.

In einem längeren Statement auf seiner silbernen Hochzeit benutzte er sogar erstmals den Begriff «Solidarität» und meinte unter zustimmendem Nicken der Verwandtschaft, wir dürften nicht tatenlos zuschauen, wie uns die Scheichs auf der Nase rumtanzten, sondern sollten unsere Jungs losschicken, ehe die Lichter ausgingen. Ich versuchte, Zusammenhänge aufzuzeigen, die niemand interessierten, und wußte auch nicht, daß wir die Krise des reichen Westens nicht nur an der Tankstelle würden teuer bezahlen müssen.

Ich hätte nichts dagegen gehabt, wenn der Staat alle Segelyachten, Ozelots und Brillantenkolliers eingezogen hätte, um sie für die Armen der Dritten Welt zu versteigern. Aber wer hätte mein Bafög antasten sollen, das war doch ohnehin nur das Existenzminimum? Statt dessen freute ich mich einfach, die Bodenwelle der Veränderung zu spüren, durch die die Krise des Westens auf einmal sichtbar wurde. Ich habe keinen Gedanken daran verschwendet, daß die Schwächsten zuerst über Bord gehen würden, zu denen ich mich ohnehin nicht gezählt hätte. Als Arbeiter entlassen wurden und keine neue Stelle fanden, bewies mir das erneut die Unvernunft des Systems, zumindest in Diskussionen. Heimlich war ich unsicher, ob es nicht auch an ihnen selbst lag, ob sie vielleicht zu unbeweglich waren, sich zu wenig bemühten oder am Telefon zu unfreundlich waren, wenn sie sich auf eine Annonce bewarben, lauter Dinge, die sich in einem gezielten Volkshochschulkurs hätten beheben lassen.

Was wußte ich, wie eine Wirtschaftskrise funktioniert, die Stagnation des Absatzes, das Sinken der Profitraten, die Kapitalzinssteigerung, die Vermehrung der Arbeitslosigkeit und das Sinken des Bruttosozialprodukts, das Stillegen von Produktionsanlagen, bis endlich das Glück oder der Krieg die Preise wieder steigen läßt? Zahlen sind mir ein Greuel. Ich könnte eher die «Glocke» auswendig lernen als eine einzige mathematische Formel behalten.

Manche Fragen habe ich damals einfach zu stellen vergessen. Ich habe nicht lange über die Energiekonferenzen von Camp David nachgedacht und auch nicht über den Internationalen Währungsfonds. Außer Onkel Heiner dachte auch die amerikanische Regierung laut darüber nach, die Ölfelder am Persischen Golf besetzen zu lassen. Nachdem sie gerade einen großen Krieg verloren hatten, empfahlen ihre Berater: Laßt uns das Billigste versuchen, einen neuen Krieg. Das State Department erklärte, daß man sich unter einem Atomkrieg keineswegs die Apokalypse der Menschheit vorzustellen habe.
Die Logik, die hinter all diesen Ereignissen steckte, blieb mir verborgen. Ich habe für mehr Bafög demonstriert und von der Regierung gefordert, das Geld aus dem Rüstungsetat zu holen. Ich war für Abrüstung, weil mit dem ganzen Geld nützlichere Dinge finanziert werden sollten als fliegende Aufklärungssysteme. Ich habe nicht an den Krieg geglaubt, sowenig wie ich daran dachte, daß meine große Zukunft schon vorbei sein könnte, noch ehe sie richtig angefangen hatte.
Immerhin hatten es die Politiker, während sie Zivilfahnder und Mikrochips einführten, auf einmal nicht mehr eilig, die ewigen Studenten zu exmatrikulieren, denn wo sollten die bummeln, wenn sie nicht mehr an der Hochschule bummelten? Die Studenten, die nun an die Uni kamen, waren vor zehn Jahren von der Regierung aufgerufen worden, das Gymnasium zu besuchen, um Lehrer zu werden. Nun bliesen die Offiziellen zum Rückzug. Entkoppelung von Abschluß und Berechtigung, lautete das politisch Kleingedruckte, das die Eingeweihten verstanden und Betroffene wie ich überlasen. Ich erfuhr von Wartelisten nicht eingestellter Lehrer. Auf Universitätsversammlungen wurde wie schon so oft beschlossen, die Öffentlichkeit zu informieren, die wir zwischen Kaufhof und Karstadt vermuteten. Die Passanten in der Einkaufsstraße galten uns als der uniforme Rest der Gesellschaft, mit ihnen stellvertretend meinten wir, die Bevölke-

rung erreicht zu haben. Liebevoll wurden Flugblätter mit anklagenden Überschriften entworfen. Die Epoche der Wachsmatrizen war gerade vorbei, und die Kopierer eröffneten neue Möglichkeiten. Ein bärtiges Männlein führte nun durch den Text und wies am Ende einer Seite darauf hin, daß es auf der anderen weitergehe. Da mußte doch eigentlich jeder begreifen, wo es langging. Aber ich war mir nicht sicher, ob es die Leute draußen im Lande wirklich empörend finden würden, daß Lehramtsanwärter ein halbes Jahr mit einer halben Stelle auskommen müßten, bis sie eine volle bekämen.

Ich selbst wollte von der Unsicherheit meiner eigenen beruflichen Zukunft nichts wissen. Ich beschäftigte mich mit Gryphius' «Flucht menschlicher Tage» statt mit dem Atomkrieg und überlegte, wie ich an Martina herankommen könnte. Sie war mir schon im ersten Semester aufgefallen, aber ich hatte nie eine Gelegenheit gefunden, sie anzusprechen. Aber dann saßen wir im gleichen Seminar, wo der junge Privatdozent ausdrücklich Wert auf Zusammenarbeit legte. Als dann die Referatsthemen vergeben wurden, wartete ich mit meinem Handzeichen, bis sich Martina meldete. Außer mir meldete sich aber noch ein anderer Kommilitone, der, glaube ich, dasselbe im Schilde führte wie ich. So mußte ich noch drei lange Wochen zu ihm unfreundlich sein, bis er endlich gemerkt hatte, daß er störte.

Ausflüge in die Welt der Arbeit

So war ich ein richtiger Student geworden, der sich auskannte auf dem Campus. Ich wußte inzwischen, wie die Bibliothek geordnet war, und einige Dozenten hatten sogar meinen Namen behalten. Das Bafög-Amt würde noch lange zahlen, und Martina liebte mich.

In meinem Studium gab es wenig, was unbedingt erledigt werden mußte, und auch was sich Pflicht nannte, war meist nicht wichtig. Alles ließ sich aufschieben. Ich selbst war auch nicht wichtig. Niemand fragte nach mir, wenn ich wochenlang nicht erschien, und angemahnt wurde ich allenfalls, wenn ich die Rückgabefristen für entliehene Bücher überzogen hatte. Die Universität war ein unaufdringliches Angebot, aus dem ich zwanglos auswählen durfte. Meine Professoren sahen es ebenso. Sie gaben Anregungen, und was ich daraus machte, war meine Sache. Sie weigerten sich energisch, über die Verwendbarkeit ihrer Stoffe zu diskutieren. Sie bildeten schließlich keine Elektrotechniker aus.

Meinen Eltern fiel es schwer, sich unter dem Studieren etwas vorzustellen. Die Professoren dachten sie sich wie in der «Feuerzangenbowle», und wie es in einem Seminar zugeht und warum jeder Student seinen eigenen Stundenplan hat, wußten sie genausowenig wie ich früher. Was sie sich als Fortsetzung des Gymnasiums mit anderen Mitteln vorgestellt hatten, geriet nun zur staatlich subventionierten Verantwortungslosigkeit, bei der sie noch die Fehlbeträge ausgleichen mußten. Bei allem Fragwürdigen, was sie über die Universitäten und die Studenten wußten, hatten sie sich doch eine ernsthafte Vorbereitung auf das Erwerbsleben erhofft. Die studentischen Freiheiten, hatte uns schon unser Klassenlehrer eingeschärft, seien eine Probe. Nur wer mit ihnen richtig umzugehen verstehe, werde es später auch zu etwas bringen. Sie waren gewissermaßen der Vertrauensvorschuß für spätere Führungskräfte. Die mußten auch nicht die Stechuhr drücken und arbeiteten trotzdem bis zum Herzinfarkt. Und dieser Lehrer hatte auf dem Elternsprechtag immer wieder betont: «In dem Mathias steckt eine Menge, wenn er nur etwas fleißiger wäre.» Das vergaßen die Eltern nicht. Sie hatten Angst um meinen Studienerfolg und konnten noch nicht einmal überprüfen, wie viele Stunden ich täglich über den Büchern saß.

Sie erbaten sich immer wieder bescheidene Nachweise über den Fortgang meines Studiums. Zeugnisse gab es also nicht. Aber irgend etwas, was konkreter war als die unverständlichen Themen meiner Referate, mußten sie doch in die Hand nehmen können. Schließlich brachte ich an einem Ostersonntag mein Studienbuch mit. Mutter blätterte vorsichtig, um keine Knicke ins Papier zu machen, darin herum und war erleichtert, daß ich jede Woche zehn Veranstaltungen besuchte. Daraufhin erklärte ich wahrheitsgemäß, daß die Eintragungen völlig unverbindlich seien, weil sie niemand kontrolliere. Und abgesehen davon, daß ich Wichtigeres zu tun hätte, als so viel Zeit an der Uni zu verbringen, ließen sich kaum zwanzig Semesterwochenstunden zusammenstellen, bei denen die Teilnahme wirklich lohne. Da forderte Mutter nach kurzem Schweigen Vater auf, er solle doch auch mal etwas sagen, aber der sagte nur, daß er gar nichts mehr sagen würde.

Dann wandte ich mich meiner Schwester Iris zu, die wegen eines gemütlichen Diplompädagogen nach Offenburg/Baden gegangen war und nur zu Ostern und Weihnachten nach Hause kam. Sie erzählte, daß ihr Freund sie in Viscontis «Tod in Venedig» geschleppt hatte. Aber sie fand den Film furchtbar langweilig. Ich erklärte ihr nun, daß Aschenbachs Konflikt nicht nur ho-

moerotischer Natur sei, denn Tadzio müsse auch als Allegorie des Todes verstanden werden, und unter der Folie einer Gesellschaft im Niedergang kollidiere der preußische Haltungsmoralismus mit dem verdrängten Eros, nicht wahr? Aber Iris fand den Film immer noch langweilig, während Vater immer noch schwieg.
Längst hatten die Eltern begonnen, unter meiner Bildung zu leiden, die sie viel Geld kostete. Wenn ich sie besuchte, und das war selten genug, griff ich Eduard Zimmermann und Wim Thoelke an, verlangte energisch, den Fernseher auszustellen, machte mich darüber lustig, daß sie zum achtenmal nach Mayrhofen im Zillertal fuhren, und wollte Vater ausreden, sich nach vier Jahren schon wieder ein neues Ford-Modell zu bestellen. Ich gönnte ihnen offenbar nichts. Vor allem gönnte ich ihnen keine Ruhe. Ich verstand das Leben nicht, von dem sie sich ausruhen wollten, und die Arbeit, von der sie erschöpft waren, verstand ich erst recht nicht. Was wußte ich denn von dieser Arbeit? Mutters Arbeitsplatz war mir vertraut, allerdings war ich der Meinung, daß der ganze Haushalt auch in drei Stunden am Tag erledigt werden könnte. Sie sollte doch aufhören, Handtücher und Unterwäsche zu bügeln, und sonntags mit Vater ins Restaurant essen gehen.
Vaters Arbeitsplatz hatte ich noch nie gesehen. Ich machte mir davon eine Vorstellung nach einem Foto von seinem Firmenjubiläum. Auf seinem Reißbrett hatten die Kollegen eine goldene Fünfundzwanzig aus gestanzter Pappe angebracht. Vater stand in einem dunkelblauen Anzug davor, lächelte verlegen, umgeben von den anderen Konstrukteuren in weißen Kitteln, die ich alle aus Erzählungen kannte. Sie hatten für ein Geschenk gesammelt, und auch die Firma hatte sich mit einer Prämie erkenntlich gezeigt. Für mich war es ein beklemmendes Bild, das mir ein schlechtes Gewissen bereitete. Die goldene Fünfundzwanzig stand für eine Gleichförmigkeit, die mir erspart bleiben würde. Ich war nicht für die Fabrik bestimmt.

Mich hatten die Eltern schon immer für ein besseres Leben vorgesehen. Ich war nicht in die Wirklichkeit der Werkstätten abkommandiert worden, und ebenso, wie ich mich von unpassenden Freunden wie Ricky Reimann hatte trennen müssen, war ich auch während meiner ganzen Jugend von den Stätten der materiellen Produktion ferngehalten worden. Und diese Trennung hatte ihren Sinn. Denn während die Ausgemusterten sich mit frühzeitiger Kaufkraft über die Langeweile ihrer Arbeit hinwegtrösteten, sollte uns Studenten abseits der schnellen Verlockungen von Verlobung und Ford Capri der Konsumverzicht leichter fallen, mit dem wir die Aussicht auf einen interessanten Beruf zu bezahlen hatten. Und nach den langen Jahren der Ausbildung würden wir wesentlich mehr einkaufen können als die anderen, die mit vierzehn schon Erwachsene geworden waren. Mit dem Vorteil einer größeren Genußfähigkeit zudem, die uns vor großgemusterten Tapeten ebenso bewahren würde wie vor ungewollten Schwangerschaften.

Die anderen, die in ihren Erzählungen vorzugsweise die wörtliche Rede benutzen, und wir, die sich in Seminaren den Kopf darüber zerbrachen, konnten offensichtlich nicht im gleichen Gebäude auf das Leben vorbereitet werden, weil die Vorteile unseres Vertrags unübersehbar waren, solange noch Aussicht auf dessen Erfüllung bestand. Denn wir waren nicht nur vom Arbeiten freigestellt, um Algebra oder deutsche Syntax zu lernen. Die Bildung machte auch Spaß, und sie gab uns ein Gefühl der Überlegenheit. Wir konnten im Urlaub die Pizza auf Italienisch bestellen, unseren Eltern Vorlesungen über ausgewählte Fragen der deutschen Geschichte halten und unsere emanzipierten Freundinnen auf Probleme des Feminismus hinweisen. Die Zufriedenheit all derer, die nach der Volksschule in die Betriebe eingerückt waren, sollte so lange anhalten, wie sie uns auf der Autobahn überholten. Sie mußte aber gestört werden, wenn wir nach dem Examen nicht nur mehr wußten als sie, sondern auch

PS-mäßig in Führung gingen. Solange wir noch Studenten waren, mußten wir für unser leichteres Leben wenigstens Verzicht leisten. Später sollten wir für die angenehmeren Tätigkeiten auch noch besser entlohnt werden.

Mit diesen ungleichen Bedingungen mußte ich irgendwie ins reine kommen. Ich wollte mich später gegenüber der Gesellschaft erkenntlich zeigen, die mich ein halbes Leben lang zur Schule gehen ließ. Ich nahm mir nicht nur vor, das Bafög und die anderen Ausbildungskosten in Form einer beträchtlichen Einkommensteuer zurückzuzahlen, ich wollte auch ein guter Lehrer werden, der Hausbesuche bei den Eltern macht und ein Herz für die hinteren Reihen hat.

Eine weitere Entlastung meines Gewissens war die Überzeugung, daß die Arbeiter mit ihrer Lage so unglücklich auch wieder nicht sein konnten. Das zeigte sich doch schon daran, wie selten sie streiken wollten. Auch Vater hatte nie geklagt. Warum war es gerade sein Firmenjubiläum gewesen, das ihn traurig gemacht hatte? «Es ist nicht mehr schön», hatte er, der Unentbehrliche, in der Folgezeit manchmal gesagt, während die Belegschaft immer kleiner wurde, und die, die bleiben durften, immer härter arbeiten mußten.

Doch manchmal mutete ich mir stolz die vorübergehende Beteiligung an körperlicher Arbeit zu. Die Semesterferien waren lang, das Bafög knapp und die Flugtickets teuer. Da bot sich die freie Marktwirtschaft mit ihren privaten Unternehmungen an, uns unbürokratisch zu Erfahrungen in der Produktion zu verhelfen, wie sie sonst nur in sozialistischen Ländern üblich sind. Zwischen unternehmerischem Interesse an elastischer Personalplanung und studentischen Sehnsüchten nach Katmandu und Zwei-CV ließ sich jahrelang eine glückliche Harmonie herstellen.

Auf dem Arbeitsmarkt verkaufte ich mich stundenweise, für halbe Tage oder für die ganzen Semesterferien. Da ging es ohne langes Hin und Her zur Sache. Reflexion und Differenzierungen waren da nicht gefragt, sondern kräftiges Zupacken und eine schnelle Auffassungsgabe. Die Prosa des Marktes unterbrach die Poesie meiner verlängerten Pubertät. Die Aufgaben waren ungewohnt konkret, und die Erfolge stellten sich überraschend schnell ein. Die Belohnung gab es abends auf die Hand, und wenn ich den Lohn anschließend gegen Kalbsleberwurst und Lambswoolpullover eintauschte, wußte ich, wieviel meine Arbeit wert war.

Ich lernte kräftige Nahrung schätzen und den Schlaf vor zwölf. Meine Zeit wurde plötzlich wertvoll. Und das nicht nur, weil ich jede Stunde für zehn Mark verkaufte, sondern weil sich dadurch auch die verbleibende Freizeit verknappte und in ihrem Wert für mich stieg. Ich lernte, mich für jeden Arbeitstag zu belohnen. Ich genoß das Gefühl, endlich an den Lebensgewohnheiten der Mehrheit teilzunehmen. Ich traf Nachbarn im Hausflur, von denen ich nicht gewußt hatte, daß sie neben mir wohnten, weil sich mein Leben zu anderen Zeiten abspielte. Ich wartete mit ihnen auf denselben Bus und kam am Abend erschöpft wie sie nach Hause, und wir grüßten uns zum Zeichen unserer Zusammengehörigkeit.

Ich nahm endlich teil am normalen Arbeitstag in überfüllten Bussen und Bahnen und drängelte abends mit, beim Bäcker und an der Wursttheke. Ich hatte ein Recht dazu, denn ich hatte gearbeitet. In meiner Wohngemeinschaft zeigte ich die Wundmale vor, die mir der Arbeitstag geschlagen hatte, und bat mir Ruhe aus nach zehn. Ich erwartete Rücksichtnahme und einen gefüllten Kühlschrank. Ich durfte vom Frühstück aufstehen, ohne den Tisch abzuräumen, denn auch in meiner Wohngemeinschaft hatte die Arbeit ein hohes Ansehen, besonders wenn einer abends einen großen Hunger mitbrachte und einen strengen Geruch.

Nun lud ich Lkws ab, verschloß Töpfchen mit Feuchtigkeitscreme, verpackte Kaubonbons und Obstessig. Wenn ich mit Martina durch den Supermarkt ging, zeigte ich stolz auf die Waren, an deren Fertigung ich beteiligt war. Und ich informierte sie sachkundig über die Herstellungsverfahren, wie Vater mir früher die Arbeitsweise der Baukräne erklärt hatte, die aus seiner Firma kamen und in unserem Neubaugebiet im Einsatz waren. Ich begann, die Dinge des täglichen Lebens mit anderen Augen zu sehen. Nach einem Sommer auf dem Bau konnte ich die Verschalarbeiten an der neuen Universitätsbibliothek fachmännisch beurteilen.

Ich lernte schnell, die Erniedrigungen der Arbeit zu ertragen, wo ein Pfiff mich in Bewegung setzen konnte, und ich fand bald Gefallen an den kleinen Belohnungen, den Zigarettenpausen, den klaren Schnäpsen und den Witzen, über die Martina nicht hätte lachen können.

Manchmal hatte ich Kollegen, die zunächst gegen mich enger zusammenrückten. Ich saß dann in der Mittagspause auf einem falschen Stuhl. «Aber wieso?» fragte ich, denn der Besitzer des Stuhls war doch im Urlaub. Mir wurde mitgeteilt, daß der Kollege es trotzdem nicht gern sähe, wenn jemand auf seinem Stuhl säße. Und ich versuchte es noch mit dem schlauen Einwand, der Kollege könne doch gar nicht sehen, daß ich auf seinem Stuhl sitze. Daraufhin wurde mir abschließend beschieden, daß man mich gewarnt hätte, und sie verschwanden wieder hinter ihren Zeitungen, bis jemand in das Schweigen hinein sagte: «Der HSV hat am Samstag bei Schalke ja auch ganz schön den Arsch voll bekommen.» Dieser Satz blieb dann eine ganze Weile unbeantwortet im Raum stehen, bis einer konterte: «Ohne den ungerechten Elfmeter in der fünften Minute hätten die Schalker ganz schön alt ausgesehen.» Und ich saß, weil es keinen Stuhl für mich gab, auf einer Kiste zu ihren Füßen und versuchte, ein bißchen mitzulesen. Da stand unter dem Foto einer gestiefelten Mulattin, die sich einen weißen Pudel gegen ihr glitzerndes Bikinioberteil drückte: «Ich bin Isabelle aus Martinique. Mein größter Wunsch ist, daß meine elf Geschwister zur Schule gehen können, aber das kostet viel Geld. Deshalb arbeite ich in Deutschland in einem Krankenhaus als Kinderkrankenschwester und verdiene als Fotomodell noch etwas hinzu.» Und während ich mich fragte, wer solchen Unsinn wohl schreiben mag, faltete der Kollege die Zeitung zusammen, sah das Foto, las, sah mich nachdenklich an und meinte schließlich, vielleicht dürfte ich auch einmal solche Fotos aussuchen, wenn ich ausstudiert hätte. Ich erklärte ihm, daß ich Lehrer werden wollte, und nahm mir vor, diese Zeitungen zu ignorieren. Aber es gelang mir nicht. Ich mußte immer wieder hinschauen, allein schon wegen der unglaublichen Überschriften.

Die Kollegen hatten sich wenig zu sagen. Während der Arbeit war es zu laut, und in den Pausen waren sie zu erschöpft. Und wenn sie manchmal miteinander sprachen, redeten sie viel bedächtiger als ich. Sie hatten feste Beschäftigungen für die Mittagspause. Einer legte sich auf einer Kiste schlafen, zwei gingen drei Werkbänke weiter zu einer Skatrunde. Von dort unterbrachen dann laute Rufe wie «Hosen runter» oder «Trumpf raus» die Mittagsruhe der riesigen Halle, in der nur die Ventilatoren summten. Ein älterer Kollege löste Kreuzworträtsel, und wenn ihm ein Wort nicht einfiel, fragte er in die Runde. Ich half ihm eine Zeitlang, bis er einmal drohend sagte: «Du weißt wohl alles!» Von da an hielt ich mich zurück.

Ich brachte Bücher mit, um mir die Pause zu verkürzen, «Das Totenschiff» von B. Traven und «Der ewige Spießer» von Ödön von Horváth. Das beobachteten sie eine Weile wortlos, bis der Vorarbeiter eines Mittags sagte, ich sei wohl nicht richtig ausgelastet, wenn ich in der Pause noch so dicke Bücher lesen könnte. Da ließ ich die Bücher zu Hause, versuchte mich anzupassen und hielt den Mund, wenn die Männer die Nationalmannschaft für das nächste Länderspiel aufstellten. Ich lernte mit der Zeit, daß anders als an der Uni nicht über alles geredet werden konnte und die Diskussionen spätestens da ihr Ende fanden, wo die Arbeit wartete.

Wenn ich aber eine wirkliche Hilfe geworden war und nicht länger den Schwachpunkt in einer Kette bildete, die einen Lkw ablud, wenn man mich allein losschicken konnte und ich Stunden später mit einem dringend benötigten Maschinenteil zurückkam, das in einem riesigen Lager unauffindbar verschwunden war, dann wurde ich manchmal von meinen Kollegen akzeptiert. Dann wurde mir ein Teil der Zeitung abgegeben, damit ich mir beim Mitlesen nicht länger die Augen verderben mußte. Dann durfte ich sogar Fehler machen: Wenn ich an einem Montagmorgen rückwärts mit dem Transit in einer engen Toreinfahrt hängen blieb, wurde der Kratzer großzügig übersehen, und jemand erzählte eine Geschichte von einem Musikstudenten oder etwas noch Kurioserem, einem Philosophen, der mit seinen zwei linken Händen in der kurzen Zeit seines Engagements offenbar die halbe Firma in Schutt und Asche gelegt hatte. Diese Geschichte sollte mir sagen, daß es noch Unbrauchbarere gab als mich, und ich verstand das Ritual und lachte dankbar mit.

Aber in ihren Kreis war ich damit nicht aufgenommen worden. Dazu fehlten mir nicht nur ihre Ausbildung, ihre Erfahrung und die Ruhe, mit der sie festgerostete Schrauben lösten oder tonnenschwere Stahlkonstruktionen, groß wie Walfische, mit ein paar Hebeln und einigen Pumpen millimetergenau bewegten, wie es ihnen gerade paßte. Mir fehlten ihre Sorgen, ihre Ratenverträge, ihr Ehekrach, die schlechten Zeugnisse ihrer Kinder, die ganze drückende Verantwortung, die sie mit sich herumtrugen. Und die Sorgen, die ich hatte, verstanden sie nicht. Ich blieb ein Fremder, ein Tourist in ihrer Welt, ein williger Erntehelfer, der sie in den Sommerferien unzureichend vertrat. Ich kam nur zum Spaß zur Arbeit, weil ich das Geld für ein Hollandrad mit Gangschaltung verdienen wollte oder für einen Daunenschlafsack bis minus fünfzehn Grad. Ich blieb nur auf ein paar Wochen, wo sie ihr Leben verbrachten. Ich hatte Pläne, und sie hatten Familie. Ich wurde geduldet, aber ich gehörte nicht zu ihnen, und das spürte ich besonders auf ihren Festen.

Einmal arbeitete ich während des Karnevals in einem Versicherungskonzern. Die Vorbereitungen für Weiberfastnacht begannen schon früh morgens. In großen Taschen wurden die Utensilien der Transformation ins Büro getragen, und der Pförtner drückte beide Augen zu. Alkohol durfte als Lösungsmittel verabreicht werden, und die Chefs gaben sich gelassen. Um zehn Uhr wurde die Arbeit niedergelegt. Mit großen Scheren zogen die Frauen durch die Etagen und schnitten allen Kollegen die Krawatten ab, auch denen, die sonst keine trugen und sich eigens für diesen Tag eine umgebunden hatten. Ich saß allein im Büro, alle anderen aus meiner Abteilung waren unterwegs und tranken Sekt in der Poststelle. Plötzlich flog die Tür auf, und drei Frauen drängten herein, angeführt von der blonden Buchhalterin aus der Revisionsabteilung, die zu ihrem fleischfarbenen Bodystocking rote Pumps und eine kurze Lederhose trug. Als sie mich sah, sagte sie: «Da ist ja bloß der Student», und die drei verließen enttäuscht das Zimmer. Bei mir gab es nichts abzuschneiden.

Manchmal treffe ich heute meine Kollegen von früher wieder. Dann fragen sie, was aus mir geworden ist, und wundern sich, daß ich noch immer keine feste Arbeit habe, und ich wundere mich, daß sie immer noch die gleiche Arbeit machen wie vor Jahren. Ich stelle mir das Büro noch einmal vor, in dem ich damals einen Teil der Semesterferien verbrachte, bevor ich im Spätsommer nach Sri Lanka geflogen bin. Erinnere mich an die Fotos eines Shell-Kalenders, der neben einem Aktenschrank hing, Frühling auf der Insel Mainau, die Spanische Treppe in Rom und Strandkörbe auf Sylt. An grüne Schreibunterlagen, an kleine, blaue Essensmarken, die immer freitags verkauft wurden, an einen Gummibaum, für den es eine genaue Pflegeordnung gab und der nur deshalb im Büro geduldet wurde, weil das geregelte Gießen sichergestellt war. An einen Kollegen mit der Schlüsselgewalt über das Kaffeeschränkchen, der ganz genau kontrollierte, wieviel Geld ich in die Kaffeekasse warf. Wenn er krank war, gab es keinen Kaffee, und allein deshalb wurde seine Abwesenheit von allen bedauert. Er hatte seine Arbeitsutensilien mit seinem Namen bestempelt, nicht nur weil ihm vor Jahren während eines Urlaubs die Schreibunterlage entwendet worden war, wovon er immer wieder mit Bitterkeit erzählte, sondern auch, um mit dieser rührenden Geste seinen Arbeitsplatz in Besitz zu nehmen, der in Wirklichkeit immer unsicherer wurde. Ich habe ihn damals gehaßt, weil er immer sein Butterbrot schuldbewußt aus der Hand legte, wenn er außerhalb der Pausen aß und der Chef hereinkam. Aber vielleicht haßte ich ihn nur, weil auch er mir ein schlechtes Gewissen machte, denn hinter ihm und allen anderen, die sich der Betriebsordnung unterwarfen, tauchte immer wieder Vaters Jubiläumsfoto auf. Sie taten mir leid, aber hatte ich es überhaupt besser als sie? Sie hatten wenigstens frei, wenn sie Feierabend hatten. Ich dagegen wußte nie, wann ich genug für mein Studium getan hatte. Sie schienen zufrieden zu sein, jedenfalls wollten sie ihre Autos und Schlagbohrmaschinen nicht gegen mein Fahrrad und ihren Fernseher nicht gegen meine Beziehungsdiskussionen eintauschen. Nein, sie beneideten mich nicht, meine Unabhängigkeit erschien ihnen zu ärmlich und meine Zukunft zu unsicher. Meine Bildung machte sie mißtrauisch, und über meine Empfindsamkeit machten sie dumme Bemerkungen.

Aber mit der Zeit sammelte ich Lebenserfahrung im rauhen Wind der Betriebe. Ich wurde schweigsamer und geschickter. Ich lernte das freihändige Telefonieren, das rückwärtige Einparken mit einer Hand, das Lesen von Stadtplänen während der Fahrt und wie man eine Bierflasche mit den Zähnen öffnet. Ich lernte, mich durchzusetzen. Da brauchte kein Chef mehr die Füße vom

Schreibtisch zu nehmen und das Privatgespräch mit der Freundin zu unterbrechen, denn ich hielt ihm den Lieferschein unter den Füller, und zwischen zwei Komplimenten an die Maus im Telefon quittierte er zweihundert Meter Farbmaterial.

Ich hatte Verpflichtungen, und das gab mir ein neues Selbstbewußtsein. Als Student konnte ich niemand etwas Nützliches vorweisen, ich steckte noch in der Ausbildung, und wer noch in der Ausbildung steckt, ist kein Erwachsener. Ich mußte morgens nicht aufstehen, wenn ich keinen Job hatte. Meine Aufgabe war es, etwas zu lernen, dessen Sinn mir genauso verschlossen war wie den Leuten, die mich danach fragten, nicht eingerechnet die vielen, die gar nicht danach fragen konnten, weil sie schon den Namen meines Studienfachs nicht verstanden. Als Student nahm mich niemand ernst, und ich spürte nur einen unterdrückten Haß, wenn ich um elf Uhr vormittags beim Bäcker Frühstücksbrötchen kaufte oder es erst fünf Minuten vor Schalterschluß schaffte, meinen Bafög-Antrag abzugeben. Wohnungsvermieter musterten mich abschätzend, ob ich wohl reif genug wäre, regelmäßig zu lüften. Und meine Arbeitgeber gaben sich bei der Einstellung väterlich, denn sie wußten, daß sie mir etwas Gutes taten. Sie erlaubten mir nicht nur, in ihrer Fabrik zu hospitieren, sie zahlten mir auch noch Geld dafür. Nie war ich Vertragspartner, immer nur Leistungsempfänger. Ich blieb der «junge Mann», ein Anfänger in der Berufswelt, bei dessen kurzer Anstellungszeit sich niemand die Mühe machte, den Namen zu behalten.

Und doch war ich zufrieden. Die Jobs verschafften mir kleine Erfolgserlebnisse. Da luden wir morgens große Kisten ab, und abends war ein ganzer Messestand daraus geworden. Meine Arbeit hinterließ Spuren, zeigte Wirkung, war wichtig. Manchmal war ich unentbehrlich, wurde nachts angerufen, ob ich nicht schon früh morgens kommen könne. An der Uni dagegen ließ sich alles verschieben. Und so bequem es war, den Abgabetermin für ein Referat verlängert zu bekommen, zeigte es doch auch die Nutzlosigkeit dieser Übung. Keiner brauchte mein Referat, und vielleicht nahm der Professor zu Hause nur die Heftklammer von meiner ungelesenen Arbeit, um seinen Kindern die weißen Rückseiten zum Bemalen zu geben.

Einrichten

Längst war ich in ein Alter gekommen, wo andere ihr Leben mit festen Aufgaben eingerichtet haben. An einem Vormittag vor dem Landtag studierte ich die Gesichter der Polizisten, die unsere Demonstration begleiteten. Viele waren offensichtlich jünger als ich. Nachdenklich fuhr ich nach Hause. Die Polizisten hatten für mich immer zur Generation der Väter gehört. Nun stellte ich verwundert fest, daß es Menschen gab, die jünger und trotzdem erwachsener waren als ich.
Meine Jugendlichkeit erschien mir plötzlich unpassend, mein unverbindlicher Gang, mein Lachen, meine Ausdrucksweise, jetzt, wo keiner mehr daran Anstoß nahm. Man kümmerte sich nicht mehr um mich. Niemand wollte mich noch überreden, mir die Haare schneiden zu lassen und ein vernünftiges Fach zu studieren, Informatik oder Betriebswirtschaft, auf ein paar Reisen zu verzichten, abends früher ins Bett zu gehen, einen schnellen Abschluß zu machen und mich auf dem Arbeitsmarkt umzutun, bedächtiger zu sein, mir die Widerworte gegenüber den Professoren und den Chefs zu verkneifen, mir die wilden Träume abzugewöhnen von Selbstverwirklichung und Unabhängigkeit. Der Gesellschaft war es langsam egal geworden, was ich von ihr hielt. Sie versuchte nicht mehr, mich für sich zu gewinnen. Das Gefühl des Aufbruchs war eine schöne Erinnerung geworden, die Revolution war vorbei und die Rock-Musik auch. Welchen Vorteil bot es noch, jung zu sein? Ich war immer noch überall der junge Mann, und ich litt darunter. Ich wünschte mir dringend, älter zu sein.
Als Kind gehörte für mich zum Erwachsensein vor allem zwei-

erlei: eine Frau und ein Beruf. Alle anderen Einzelheiten gestalteten sich in meiner Vorstellung immer nach den jeweiligen Problemen, die mir meine Eltern bereiteten. Ich würde meine Kinder selbst entscheiden lassen, um wieviel Uhr sie die Schularbeiten machten. Ich würde in einem Haus mit Garten wohnen, nicht in einer Mietswohnung in der zweiten Etage. Ich würde einen viertürigen Wagen fahren, damit sich die Kinder beim Ein- und Aussteigen nicht immer an den Vordersitzen vorbeiquetschen müßten. Wir würden viele Haustiere haben.

Im Laufe von zwanzig Jahren hatte sich meine Idee vom Erwachsensein immer wieder verändert. Aber die beiden wichtigsten Merkmale waren geblieben: die Frau und der Beruf. Früher dachte ich, der Beruf würde Spaß machen und die Frau wäre schön. Später dachte ich, der Beruf sollte sozial engagiert sein und meine Frau unabhängig. Das gute Geldverdienen war dabei so selbstverständlich in diesen Vorstellungen enthalten, daß es nicht extra ausgeträumt werden mußte. Doch je größer meine Zweifel wurden, ob ich jemals den Beruf ausüben könnte, für den ich lernte, desto wichtiger wurde es jetzt, wenigstens in der Liebe erwachsen zu werden. Daß ich mit meiner Ausbildung immer noch nicht fertig war, konnte ich nicht ändern. Aber den Status unserer Beziehung konnte ich ändern, wenn Martina einverstanden war.

Wir zogen zusammen in eine richtige Wohnung, in zweieinhalb Zimmer mit Ofenheizung und einer Duschkabine in der Küche. Gern erzählten wir Freunden, welche Schwierigkeiten wir gehabt hatten, die Wohnung zu bekommen. All die Vermieter, die uns wegen wilder Ehe schon am Telefon abgelehnt hatten, bewiesen uns, daß wir immer noch auf der Seite des Fortschritts standen, auch wenn wir jetzt ein Stück offizieller lebten. Wir schrieben auf das Klingelschild Grewe und Hofmeister mit Schrägstrich und meldeten das Telefon auf Martinas Namen an.

In einer Zeit, in der es für uns wenig auszurichten gab, war das

Einrichten plötzlich sehr wichtig geworden. Wir planten sorgfältig mit maßstabgetreuen Skizzen auf Rechenpapier, auf dem wir kleine Pappstückchen hin und her rückten. Wir strichen die Wände weiß und setzten den Stuck braun ab. Für den Flur blieb aus meinem Jugendzimmer ein Ballonlampenschirm aus weißem Japanpapier übrig. Martina brachte einen geflochtenen Schirmständer und eine Saunabank für das Telefon mit in die Ehe, die selbstverständlich keine Ehe sein sollte. Wir entschlossen uns zu einigen Neuanschaffungen, kauften für die Küche einen Maisstrohteppich, drei braune Klappstühle aus Plastik und einen runden Weichholztisch, der stark reduziert war, weil er eine Macke hatte. Jeder durfte sein Zimmer nach seinem Geschmack einrichten. Aber weil Martina das große Erkerzimmer bekommen hatte, wofür sie monatlich dreißig Mark mehr bezahlen mußte, wurde bei ihr das braune Cordbett aufgestellt mit einer Berberdecke darüber. Ausgelegt wurden unsere Zimmer mit freundlichem Sisal, und für die Platten und Bücher gab es mehrere Meter Kiefernholzregal der Serie «Ivar», die Martina eigenhändig zusammenbaute, was ich sehr gut fand. Meine Zimmereinrichtung ergänzte ich durch einen preiswerten Mehrzwecksessel aus strapazierfähigem Nessel, der sich mit ein paar Handgriffen zu einem Gästebett auseinanderklappen ließ. «Guernica» und das Antikriegsposter hängte ich nicht mehr auf, dafür aber das Gemälde aus Bertoluccis «1900» und ein Gedicht von Erich Fried, das ich mit dickem Filzstift in großen Druckbuchstaben auf einen Karton geschrieben hatte: «Die Jungen werfen zum Spaß mit Steinen nach Fröschen. Die Frösche sterben im Ernst.» Schließlich kaufte ich mir noch die gleiche Pinwand wie Martina, und in den Flur hängten wir eine Schiefertafel, auf der wir uns Nachrichten zukommen ließen wie: «Du sollst mal Deine Mutter anrufen» oder «Öl, Rosmarin, Tempos».

Unsere moderne Partnerschaft hatte einen gesicherten Rahmen

bekommen. Wir demonstrierten ein Stück Lebensplan, das uns niemand vorwerfen konnte, eine Beziehung mit Problembewußtsein, aber doch fest und vorzeigbar. Wir bauten ein Nest, zu einer Zeit, als wir nicht mehr glauben konnten, der Fortschritt werde schon allein durch unser Heranwachsen gefördert.
Wir besannen uns darauf, daß das Private doch auch politisch sei. Was also sprach dagegen, die Politik zunächst einmal im Privaten stattfinden zu lassen? Ich fragte mich, ob es sich lohne, dem Kampf um Veränderungen, auf die so wenig Aussicht bestand, so viel Zeit und Kraft zu opfern. Gewiß, die deutschen Interessen in Südafrika waren die deutschen Interessen geblieben. Doch alle weltumspannenden Ideen erschienen mir so ermüdend wohlbekannt. Alle großen Entwürfe halfen nicht über die Unsicherheit meiner eigenen Lage hinweg. Eine Art Zeitgeist empfahl, sich nur noch dort zu bemühen, wo Erfolge greifbar und überprüfbar waren. Wenn es etwas zu verändern gab, dann doch zunächst den eigenen Alltag. Es war langweilig, immer unzufrieden zu sein und keine Lösungen zu haben. Und die, die immer kämpfen wollten, waren plötzlich so unmodern wie beige Cordhosen. Ich hatte den großen Wunsch, etwas zu beginnen, was überschaubar wäre. Was half es der Weltpolitik, daß ich sie dauernd in meinem Kopf stattfinden ließ? Ich hatte ein Bedürfnis nach Neuigkeiten. Alle bisherigen Erklärungen waren offenbar zu kurz gegriffen. Die neuen Antworten durften fürs erste noch kürzer sein, wenn sie nur neu waren. Ich wollte aufholen, was ich versäumt hatte in meiner linken Ernsthaftigkeit. Mit Martina entdeckte ich Castaneda und indianische Märchen. Ich las Nietzsche in einer Dünndruckausgabe und Hesse zum zweitenmal. Wir waren beide gern zu Hause und belohnten uns für Tage, die uns anstrengend erschienen, mit abendlicher Behaglichkeit. Dann saßen wir unter einer Wolldecke auf dem großen Bett und starrten in das Schwarzweißgerät, das wir beim Elektriker gebraucht gekauft hatten.

Eine Zeitlang träumten wir von einem Kind. Wir hätten etwas Gemeinsames, was uns keiner mehr wegnehmen könnte. Aber was würde aus Martinas Examen werden? Wollte sie wegen des Kindes zu Hause bleiben? Nein, das wollte sie nicht, und ich wollte es auch nicht. Ein Kind wäre etwas Schönes gewesen, und es hätte etwas mit Zukunft zu tun gehabt. Aber als Martinas Tage einmal eine Woche auf sich warten ließen, wußten wir hinterher ganz genau, daß es nicht der richtige Zeitpunkt gewesen wäre.

Später warf mir Martina vor, daß ich nicht bereit gewesen war, für ein Kind mein Studium zu unterbrechen. Manchmal, wenn ich nach Hause kam, hing jetzt ein Schild an ihrer Zimmertür: «Nicht stören!» Dann schlief sie, vom Nachmittag bis in den Abend, und ich sah sie nur, wenn sie sich in der Küche eine Kanne Tee aufgoß. Das Glück der Zweisamkeit hatte Grenzen. Was aber fehlte uns?

Nach langem Zögern ging ich in eine Männergruppe, die sich dienstags abends in der Uni traf. Manche Männer kannte ich vom Campus, Heterosexuelle, deren Freundinnen es genauso wie Martina begrüßten, daß wir uns in einer Selbsterfahrungsgruppe besser kennenlernen wollten. Dann waren da noch ein paar schwule Männer, von denen einer bereits an einer Selbsterfahrungsgruppe teilgenommen hatte und die Abende mit Hilfe eines Anleitungsbuchs organisierte. Wir mußten uns auf den Kopf zu sagen, was wir voneinander hielten und wie wir uns selbst erlebten. Manchmal sollten wir uns berühren, aber davor hatten die meisten Angst, ich auch. Das Buch reichte nicht aus, unsere Hemmungen abzubauen, aber bald kamen wir immer besser ins Gespräch, schütteten uns unser Herz aus, gingen noch spät am Abend essen und noch später auf irgendwelche Feten, wo wir uns die Seele aus dem Leib tanzten. Dann kam ich verschwitzt nach Hause, trank in der Küche ein großes Glas Limonade und nahm mir vor, künftig nur noch das zu tun, was mir

Spaß machte. Wozu sollte ich mich noch quälen? Die Leistungsgesellschaft, gegen die ich als Schüler revoltiert hatte, schien jetzt ohnehin dabei zu sein, sich unter der Hand aufzulösen. Der Staat verschärfte seine Prüfungsordnungen schließlich nicht, weil er von uns Studenten mehr Leistung forderte, sondern weil er uns verbieten wollte, etwas zu leisten und die erworbenen Kenntnisse eines Tages in einem Beruf anzuwenden. Und dieses Verbot wurde von der ständigen Behauptung begleitet, wir Studenten seien unbrauchbare Massenware. Unsere Kenntnisse seien verflacht, weil zu viele sie erworben hätten. Die Demokratisierung von Lebensmöglichkeiten sei eben zugleich ihre Entwertung. Das hätten wir nun von unserer Chancengleichheit. Warum sollte ich da nicht öfter Urlaub von der Uni nehmen, um bei so viel Aussichtslosigkeit wenigstens eine gute Zeit zu haben?

Ich schloß mich der Initiative für ein Kulturzentrum an, die, solange noch keine besseren Räume gefunden waren, provisorisch im Hinterhaus einer kirchlichen Einrichtung untergebracht war und dort als Jugendclub geführt wurde. Wir verstanden unsere Aufgabe «soziokulturell», weil wir über das eigene Vergnügen hinaus auch noch etwas für andere tun wollten. Als erstes ließen wir unsere Initiative als Verein eintragen und erklärten unser Projekt zum Stadtteilzentrum, um deutlich zu machen, daß sich unser künftiges weitgespanntes Angebot an alle Bürger richte. Die Bürger aber kamen weder zum Aktionstheater-Wochenende noch freitags abends zur Filmnacht, wo wir Cocteaus «Orphée» und Godards «À bout de souffle», Original mit Untertiteln, vorführten. Statt dessen beschwerten sie sich beim Ordnungsamt über den Lärm einparkender Fahrräder. Doch der kritische Unterhaltungswert unserer neuen Kultur bot einen Vorteil: Wenn schon das Kritische nichts ausrichtete, dann blieb wenigstens der Unterhaltungswert übrig.

Je besser wir uns verstanden und je mehr Spaß uns unser Projekt machte, desto weniger beharrten wir auf unseren missionarischen Forderungen. Es genügte zur Not, wenn sich das Alternative unserer Kultur in ihren Sekundärtugenden ausdrückte, etwa darin, daß die Musik, die gespielt wurde, ohne elektronische Verstärkung auskam. Uns wurde immer klarer, daß es besser wäre, ein Programm zu gestalten, das uns selbst Freude machte, als pädagogischen Nutzen für eine uns unbekannte Stadtteilbevölkerung zu erwarten. Das war ein Fortschritt, denn es bedeutete, eine Sache um ihrer selbst willen gelten zu lassen. Wir töpferten, weil wir Lust darauf hatten und weil das Matschen in feuchtem Ton eine kleine Spur unserer kreativen Möglichkeiten offenlegte. Und unser Spaß war völlig unabhängig davon, ob die Produkte hinterher auf einem Solidaritätsbasar zum Verkauf angeboten wurden oder wir sie selbst mit nach Hause nahmen. Die ganzen sozialspießigen Motive gingen uns langsam auf die Nerven. Wir hatten es nicht mehr nötig, die Freude an einem Hobby als Emanzipationshilfe für andere verstehen zu müssen.

In der Politik war mittlerweile die Zeit gekommen, die nachher, als sie vorüber war, die bleierne genannt wurde. Alle, die einmal mitgemacht hatten, etwas zu verändern, das System oder ihre Beziehung, gerieten jetzt in das Raster der Fahndung. Auch unser Stadtteilzentrum kam durch den Verkauf von ungeschwefeltem Tee in den Verdacht, nicht jederzeit auf dem Boden der Grundordnung zu stehen. Überall, in Postämtern, Sparkassen und beim Metzger, begegnete ich dem Plakat mit den vielen häßlichen Köpfen, von denen immer einige mit dem Kuli durchgestrichen waren, wie Kästchen auf einem Lottoschein. Ich fragte mich, ob auch mein Schalterbeamter, bei dem ich immer die Miete einzahlte, zu diesen Abhakern gehörte, die ihre Angst vor einer immer bedrohlicheren Zukunft auf dreißig machtlose Menschen konzentrierten. Ich fragte mich auch, was eigentlich «Arbeitgeberpräsident» für ein Wort sei, aber ich redete mit niemand darüber, und als ich nach Hause kam, spielten sie im Radio schon «Nocturnes» von Richard Clayderman und «My

Way» von Frank Sinatra und andere traurige Lieder. Sie hatten den Audi in Mülhausen geöffnet.
Einmal in dieser argwöhnischen Zeit pickte mich eine Polizeikontrolle mit Martinas Käfer aus einem Pulk großer Fahrzeuge. Ein junger Polizist verlangte meine Papiere. Er betrachtete lange meinen Ausweis, inspizierte dann aufmerksam mein Gesicht und forderte mich schließlich auf, den Kofferraum zu öffnen. Ich fand diese Prozedur lächerlich. Hatten denn die Polizisten noch nicht aus der Tagesschau erfahren, daß die Terroristen gehobene Mittelklassewagen fuhren? Ich fragte ihn, ob es hier um die Verkehrssicherheit gehe oder um die innere Sicherheit. Er antwortete, es gehe um das letztere, und da hätte doch wohl jeder Bürger Verständnis, wenn er einmal kontrolliert werde. Ich erwiderte, daß ich mich von den Terroristen nicht bedroht fühlte, und da sie ihn in seiner Ausbildung auf einen solchen Einwand nicht vorbereitet hatten, gab er mir vor Verblüffung die Papiere wortlos zurück.
Solche Kontrollen hatten etwas Prickelndes, denn die Maschinenpistolen, die auf mich gerichtet waren, zeigten mir, daß ich dem Staat noch immer verdächtig erschien, und das zu einer Zeit, als ich völlig harmlos war. So war dieses Gefühl von Subversivität ein kleiner Trost für mich.
Auf unseren Universitätsversammlungen stritten sich mittlerweile nicht mehr die Fraktionen, sondern es herrschte Betroffenheit. Wer etwas sagen wollte, der mußte das unbeholfen tun und verunsichert, denn Verunsicherte galten als glaubwürdig. Sicherheit war verdächtig. Die Nutzlosigkeit aller Ideen war zur vorherrschenden Idee geworden. Die Unabhängigkeit als politische Lebensform wurde wieder einmal erfunden und ersparte es von nun an, für übereilte Identifikationen die Verantwortung übernehmen zu müssen.
Die Universität war kein Objekt des Angriffs mehr, weil sie mittlerweile unter aller Kritik war. Wenn Studenten komisch sein

wollten, ließen sie Donald Duck für den Senat kandidieren oder präsentierten sich zur Wahl mit Kinderfotos oder dem Bild ihres Dackels. Das war nicht neu und fand gerade deshalb immer wieder dankbare Lacher. Auf den Klos hinterließen sie Zeugnisse dieser verlängerten Pubertät. Da zeichneten sie riesige Penisse und gigantische Brüste und schrieben Stabreime, die sich Martina kopfschüttelnd anhörte, wenn ich sie aus dem Gedächtnis rezitierte. Da wurde Freiheit für den Watzmann und die Verschonung der Gummibärchen gefordert. Die Persiflierung der studentischen Kultur war längst zur eigentlichen Kultur der Studenten geworden.

Ich sträubte mich nicht gegen die Klischees, die über uns im Umlauf waren, ich hatte längst alle Vorurteile verinnerlicht. Ich kleidete mich unvorteilhaft mit Sonderangeboten von C&A und Selbstgestricktem von Martina. Ich sah weiterhin schrecklich unerwachsen aus in meinem dunklen Anorak, den ich jahrein, jahraus trug und in dem ich nach Ausdünstung roch, wenn ich vom Fahrrad stieg. Ich schämte mich bereits, Student zu sein, denn das war das Stigma der Lebensuntüchtigkeit.

Manchmal drang die wirkliche Welt in die Universität, machte sich mit einem Bohrgeräusch bemerkbar, hinterließ leergetrunkene Bierflaschen auf einem Flachdach. Auf einem Gerüst standen Arbeiter im blauen Overall und schauten auf uns Studenten herab. Wir wagten nicht hinaufzuschauen, denn wir wußten, was sie von uns dachten. Uns waren die Leute in den zweckmäßigen Monturen unangenehm, nicht aus Überheblichkeit, sondern wegen des schlechten Gewissens. Denn während wir in Seminaren ihren Code untersuchten, hatten sie reale Aufgaben, kochten uns das Essen, reparierten defekte Heizungen, füllten leere Kaffeeautomaten, entfernten Flugblätter von den Mensatischen und übermalten die Graffiti an den Mauern der Universität. Sie duzten sich untereinander und sagten Sie zu uns Studenten, und wir duzten uns und sagten Sie zu ihnen. Damit zwischen diesen beiden Welten eine Verständigung möglich war, gab es Regeln, feste Öffnungszeiten, genaue Benutzerordnungen und verbindliche Preise. Niemand durfte pro Kaffee zwei Plastikbecher nehmen, auch wenn er sich mit einem die Finger verbrannte, und es wurde grundsätzlich dort kein Geld gewechselt, wo grundsätzlich nichts gewechselt wurde. Der Verkehr war also geregelt und Verbrüderungen selten. Wenn dennoch jemand die Mauer des Schweigens durchbrach, ging es oft übel aus.

Einmal beschwerte sich ein Kommilitone an der Essensausgabe, es sei eine Sauerei, daß die Küche nicht genügend Wahlessen koche und um halb zwei nur noch das schlechte Stammessen übrig sei. Der Koch antwortete, die Mensa sei vertraglich nur verpflichtet, eine einzige Sorte Essen bereitzustellen. Wenn das Zusatzessen ausgegangen sei, hätten die Studenten eben Pech gehabt.

Der Kommilitone war auf diese juristische Niederlage nicht gefaßt. Er behauptete: «Wir bezahlen Sie ja schließlich!» Der Koch blickte ihn ungläubig an. Dann fragte er: «Von was bezahlen Sie uns denn?» – «Von den Semestergebühren», sagte der Student, «und von dem, was wir für das Essen bezahlen.» Da machte sich der Koch ganz groß und sagte schneidend: «Ich will dir sagen, wer uns bezahlt. Wir bezahlen uns, so wie wir euch bezahlen!» Dann war wieder Ruhe am Band.

Einstweilen blieb mir diese Uni noch erhalten, dieses Naturschutzgebiet für uns Angehörige einer aussterbenden Gattung, die man nur deshalb schonte, weil man sie schon fast vergessen hatte. Da kam einer mit einer Indianerfeder im Haar und wartete mit mir auf den Beginn der Sprechstunde, eine Frau mit zwei verschiedenen Strümpfen setzte sich zu uns, dann erschienen zwei mit Rollerskates und einer mit seiner Mutter. Und der Professor öffnete immer gleich freundlich die Tür, legte begütigend seine Hand auf jede beladene Schulter und wies niemand ab. Diese Toleranz war nichts anderes als Desinteresse und deshalb

entmutigend. Sie zeigte, daß die Gesellschaft von uns Studenten nichts mehr erwartete.
Draußen im Lande spürten die Menschen die Krise, und nur die Politiker bestritten sie, weil das ihre Aufgabe war. Die Leute spürten, daß sie hilflos gegenüber der Zukunft waren. Die Fleißigen ärgerten sich immer mehr über die Faulen, und die Ordentlichen sehnten mehr Ordnung herbei. Ich hörte erschrocken von denen, die für immer arbeitslos wurden. Ich nahm diese Probleme nun ernster, kannte sogar einen Arbeitslosen, und Vater kannte auch einen und Mutter auch. Nur Onkel Heiner kannte keinen Arbeitslosen, der wirklich arbeiten wollte.
Aber der besondere Arbeitsmarkt, auf dem ich mich verkaufte, wurde durch die Rationalisierung zunächst größer. Wir Studenten waren weiterhin willkommen, weil wir uns anspruchslos jeder Teilzeit anpaßten und friedlich wieder nach Hause gingen, wenn man uns nicht mehr brauchte. Ich gehörte zu der industriellen Reservearmee, mit der sich die Flexibilisierung beginnen ließ. Da galt für mich noch eine Zeitlang das geflügelte Wort der freundlichen Dame aus der Studentenvermittlung des Arbeitsamtes: «Meine Studenten arbeiten nicht für unter zehn Mark die Stunde», an die Adresse mittelständischer Lohndrükker gerichtet, deren große Zeit bald schon kommen sollte.
Und die Jobs wurden immer wichtiger für mich, nicht nur als Kompensation der Zwecklosigkeit meines Studiums, sondern auch, um die materielle Genügsamkeit meines Lebensstils auszugleichen, die immer als Opposition zur Überflußgesellschaft gedacht gewesen war, aber in Wirklichkeit nur die Verarmung vorwegnahm. Nun hatte ich genug von dieser ganzen sozialen Bescheidenheit und dachte, daß ich zu asketisch gelebt hatte. Vielleicht hatte ich den Konsumverzicht nur so lange ertragen, wie mir ein späteres Leben in großzügigeren Verhältnissen sicher schien. Seit ich daran zweifelte, ob jemals etwas daraus werden würde, wollte ich das Genießen lernen.

Für die Samstagabende luden Martina und ich befreundete Pärchen ein, die uns an anderen Samstagabenden zu Gegenbesuchen einluden. Für diese Gelegenheiten sammelten wir raffinierte Kochrezepte und brachten als Gastgeschenke Kerzenständer aus schwarzem Glas mit oder rosa Elefanten. Während ich den Chianti Classico entkorkte, klagte Bert, wie sehr doch die maschinelle Weinlese in der Toskana die traditionellen Strukturen zerstöre. Er überlege sich allen Ernstes, nicht mehr dorthin zu fahren, es sei denn, die Toskaner würden sich eines Besseren besinnen. Martina vertraute währenddessen Miriam das Rezept der Quiches au fromage an. Und bei dem provenzalischen Muschelragout gab ich die Geschichte zum besten, wie ich vor Jahren an der Côte d'Azur unter den Augen eines entsetzten Maître das Schälchen Zitronensaft, von dem ich später erst erfuhr, daß es zum Reinigen der Finger gedacht war, mit einem Zug leerte. Die zur Untermalung aufgelegte portugiesische Volksmusik lenkte unser Gespräch auf die dortigen Enttäuschungen, die wir schon vorher hatten kommen sehen. Die Diskussion zwischen Bert und mir über die Hintergründe der Ereignisse wurde wiederum von Martina unterbrochen, die mich zum Kaffeemachen schickte. Nachher besprachen wir noch, ob es nicht sexistisch sei, Männer von bestimmten Frauenfesten auszuschließen, und später am Abend, als plagte uns ein schlechtes Gewissen, begannen wir, über Pärchen herzuziehen, die gerade nicht dabei waren. Wie schnell hatten sie sich doch angepaßt.
Das war uns geblieben, diese gemeinsame Furcht vor der Anpassung, der Grenze unserer Jugend. Aber meine Vorstellungen davon waren immer verschwommen gewesen. Ich hatte an Bausparverträge und Pauschalreisen gedacht. Jetzt, als die Macht der Verhältnisse wuchs und ich müde geworden war von den Fehlschlägen meines oppositionellen Lebens, war gerade die Harmlosigkeit verlockend. Und ich hätte mir mit Martina bestimmt noch das große Kochbuch von Paul Bocuse gekauft, und

eines Tages wären wir zu einem Töpferkurs nach Umbrien gefahren, wenn nicht die Krise dazwischengekommen wäre und uns vor einem weiteren Abrutschen in gesättigte Normalität bewahrt hätte.

Dabei ging es mit der Wirtschaft gerade einmal nicht bergab. Die Jahre um Mogadischu waren beinahe eine Atempause im Chaos der Börsenereignisse, die guten Renditen blieben vorerst konstant. Aber gerade diese Zeit, die sie Wiederbelebung nannten, belehrte mich vollends. Die Wechseljahre zwischen früheren Krisen hatten Entlastung bedeutet. Entlassene waren wieder eingestellt worden, und die Renten und das Bafög waren wieder gestiegen. Diesmal aber unterblieben diese kleinen Zuteilungen. Ich ging wie so viele andere leer aus, und die Zahl der Überflüssigen wurde kaum geringer. Im Gegenteil, immer mehr Menschen wurden zu Randerscheinungen, und Randerscheinungen fanden immer weniger öffentliches Interesse. Die Krise war nur vertagt, der Krieg nur verschoben, die Verarmung hatte sich verlangsamt. Wenn das die besseren Zeiten waren, wie würden dann erst die schlechten sein, die noch kommen sollten?

Ein Symbol des Niedergangs der Arbeit war für mich die freundliche Dame von der Studentenvermittlung, die mit den sinkenden Angeboten zusehends unglücklicher wurde und nur noch unzumutbare Jobs zu vergeben hatte wie Zeitschriftenwerbung und Seifeverkauf von Tür zu Tür. Und gab es dann doch einmal im Hafen einen Lkw abzuladen, dann brachte irgendein Personalchef auf meine telefonische Erkundigung nach dem Lohn heraus: «Wir haben an sechs Mark fuffzig gedacht.» Und mit meiner Rückfrage, ob das die Bezahlung für eine halbe Stunde sei, war das Telefonat zu Ende.

So fand ich zum erstenmal keinen Job für die Semesterferien. Ich verzichtete schweren Herzens auf eine Reise nach Kreta und setzte mich widerwillig an den Schreibtisch, um an einem Referat zu arbeiten, das ich schon vor drei Semestern angekündigt hatte. Großzügig, wie ich nun einmal bin, forderte ich Martina auf, doch ohne mich nach Kreta zu fliegen. Einige Wochen plante sie tatsächlich, sich mit einem befreundeten Paar zu einer Urlaubsgemeinschaft zusammenzuschließen, aber zu meiner großen Erleichterung wurde nichts daraus. Sie müsse sich ohnehin auf ihre Zwischenprüfung vorbereiten, sagte sie da und verbarg ihre Enttäuschung. Sie hätte das Geld für den Urlaub zur Not von ihren Eltern bekommen. Es folgte ein trauriger Sommer, während andere zurückkamen und erzählten, wie sie sich an der Algarve verliebt hatten oder bis zum Everest-Basislager vorgedrungen waren. Ich aber fühlte mich blaß unter den Braungebrannten.

Ich saß vor meinem Schreibtisch, das Kinn in die Hand gestützt, und fragte mich, ob aus meinen Träumen jemals etwas werden würde, jetzt, wo es bald Zeit war, sie zu verwirklichen. Ich zwang mich dazu, realistisch zu sein, versuchte mich daran zu gewöhnen, daß manches in meinem späteren Leben bescheidener ausfallen könnte, als ich gedacht hatte. In Gedanken richtete ich die repräsentative Stadtwohnung, die ich später einmal beziehen würde, etwas einfacher ein. Den Konsumverzicht wollte ich durch Intellektualität ausgleichen, meine Schlichtheit durch Geschmack, meine Machtlosigkeit durch Geist. Und so sah ich mich an einem freundlichen Tag aus dem Haus treten, in einem derben Wolljackett mit Lederflicken an den Ärmeln, mit energischem Schritt und einem Blick für das Wesentliche, einer, dem man ansehen würde, daß er das Flanieren gelernt hatte.

Abschied von der Uni

Mit der Zeit einigten sich alle Beteiligten an der Uni stillschweigend, über den Ernst der Lage hinwegzusehen. Wir waren rücksichtsvoll genug, uns nicht gegenseitig nach unseren Plänen zu fragen, wie die Patienten eines Lungensanatoriums, die wohl wissen, daß es schlecht um sie steht. Wir saßen in einem Kurswagen ohne Ziel, der schon lange abgekoppelt war, und das Prüfungsamt und die Professoren rüttelten von außen an dem Waggon, damit wir drinnen glauben konnten, es ginge noch weiter. Allein die verantwortungsbewußte Studentenvertretung ging mit mahnenden Flugblättern durch die Mensa und störte die Studenten beim Verdrängen. Sie präsentierte einen Herrn vom Landesarbeitsamt, der in der Vorlesung zu unseren Berufsaussichten Stellung nehmen sollte. Er war kaum älter als ich, trug einen richtigen Anzug, dazu eine Krawatte und ein Köfferchen mit Zahlenschloß.

«Meine Damen und Herren», setzte er an und kam ohne lange Vorrede schnell mit rücksichtsloser Offenheit zum Kern unseres Problems: «Ich will Ihnen reinen Wein einschenken. Die Aussichten in Ihren Fächern sind schlecht.» Er machte eine Pause, um uns Gelegenheit zu geben, diese Nachricht zu verarbeiten. «Nicht daß ich Ihre Qualifikation nicht schätze», tröstete er uns, «aber die Wirtschaft sucht Praktiker.» Er stemmte seine Hände in die Hüften und ließ auch seine letzten Worte auf uns wirken, räumte dann aber ein, daß wir uns darüber womöglich auch schon Gedanken gemacht hätten. Aber er war kein Freund von Traurigkeit. «Lassen Sie den Kopf nicht hängen», riet er, «bemühen Sie sich um Zusatzqualifikationen, lernen Sie Japanisch,

Steno oder Schreibmaschine, seien Sie ideenreich.» Er nannte Beispiele von geglückten Integrationen arbeitsloser Lehrer, erzählte vom Redakteur einer Metzgerszeitung, vom Pressesprecher einer Schnellimbißkette, vom Vertreter eines Lesezirkels und wollte abschließend wissen, ob wir noch Fragen hätten. Natürlich hatte ich noch Fragen, tausend ganz elementare Fragen, und alle anderen hatten die gleichen Fragen, der große Hörsaal war eine einzige Frage. Aber keiner fragte. Eine quälende Minute lang war es völlig still. Erwartungsvoll blickte der Mann vom Arbeitsamt zu uns herauf. Er hätte gern eine Frage beantwortet, wäre gern mit dem Gefühl nach Hause gefahren, uns geholfen zu haben. Die Stille wurde unerträglich. Schließlich sagte er verwundert, wenn wir keine Fragen mehr hätten, wünsche er uns alles Gute für die Zukunft. Wir klopften auf die Pulte und kehrten zur «Ästhetik des Widerstands» zurück. Um eine Interpretationsfrage deutlich zu machen, sagte der Professor: «Wenn Sie dann vor Ihrer Klasse stehen ...» Das Gespenst der Arbeitslosigkeit war gerade zur Tür hinaus, und schon wurden wir wieder zum Träumen aufgefordert. Jeder durfte sich seine Klasse erträumen.

In meiner Klasse sitzen sechzehn junge Leute. Sie haben Deutsch als Leistungskurs gewählt. Das Thema heißt «Literatur des Exils», und alle Schüler haben ein Referat übernommen. Seit zwei Wochen streiten wir uns über eine Kritik Willi Bredels, der Thomas Manns Entwicklung vom liberalen Autor zum entschiedenen Gegner der faschistischen Diktatur zwar bewundernswert findet, doch als zu bequemen Weg bezeichnet, bei dem neben Stunden politischer Tagesverpflichtung eine unabhängige künstlerische Welt erhalten bliebe. Die Wahl der politischen Seite müsse heute mit der ganzen Person bewiesen werden. Dieser Ansicht haben die Schüler heftig widersprochen, und wir sind zu einer Diskussion über die Autonomie der Kunst bei Peter Weiss gekommen.

Irgendwann würden einige aus diesem Hörsaal tatsächlich vor einer Klasse stehen, mit einem Einjahresvertrag vielleicht oder einer Zweidrittelstelle, einer halben Stelle oder einer Viertelstelle. Es gab immer noch Hoffnung, und bis zur Ankunft in der Wirklichkeit blieb noch Zeit, Zeit genug, den unheimlichen Gedanken zu verdrängen, das Studium könne zu nichts mehr führen. Oder zu versuchen, auch ohne Zukunft fröhlich zu sein.
Unsere Jugend bot wenigstens noch Gelegenheit, ab und zu den Zusammenhalt der Hoffnungslosen zu feiern. Von den Uni-Feten ließ ich kaum eine aus. Die Musik war laut, und wir waren uns einig, wir Studenten, daß wir unbegrenzt Zeit hatten und daß es nichts zu versäumen gab, vor allem nicht am nächsten Morgen. Langhaarige Flanellhemdträger glichen ihren Bewegungsmangel mit weitausladenden Derwischtänzen aus, grazile Romanistinnen zeichneten zierliche Schritte aufs PVC, stampfende Narzißtinnen mit glimmernden Haaren tanzten entschlossen Pogo. Sie alle waren noch dabei, wenn um drei Uhr früh gesungen wurde: «Morgen geht es zum Sozialamt.»
An einem Nachmittag im Hauptseminar begann ich, unter den Männern die Bärtigen zu zählen. Es waren weit über zwei Drittel, doch sie trugen nicht die Art von Bärten, mit denen Studenten in Karikaturen gezeichnet werden: keinen zotteligen, das ganze Gesicht umschließenden Wildwuchs, sondern kleine, exakt zurechtgeschnittene Oberlippenkulturen, die dem gesprochenen Wort etwas Nachdrückliches geben sollten und das Gesicht ein wenig strenger wirken ließen. Es waren trotzige Bärte, die das Erwachsensein vortäuschten, weil die Gesellschaft das Lernen schon lange nicht mehr für voll nahm. Es waren die Bärte der Polizisten vor dem Landtag, die sich zu jung für ihre Autorität fühlten.
Ich beschloß, der Zukunft glatt rasiert entgegenzutreten und mich zum Examen anzumelden. Die kindliche Freizügigkeit des Studierens ließ mich die Risiken meiner Zukunft ahnen. Ich

wünschte mir jetzt, mich einer höheren Autorität zu unterwerfen. Nach all den Jahren voller Beliebigkeit und Eigenverantwortung wollte ich nun endlich Lob oder Tadel. Wenn das Prüfungsamt, diese denkbar offizielle Einrichtung, einen Termin anberaumen würde, um meine wofür auch immer gedachte Eignung zu prüfen, wenn an einer Reihe von Tagen verschiedene Professoren herbeieilten, um mich anzuhören, wenn schließlich die Institution ihr Urteil spräche, würde mir endlich amtlich bescheinigt werden, daß ich meine Zeit nicht vertan hatte.
Allerdings fürchtete ich sehr, den Campus verlassen zu müssen, meine verlängerte Jugend endlich zu beenden, meine unverbindliche Lebensweise zu verlieren. Aber noch mehr fürchtete ich, ein ewiger Student zu werden, ein Homo campicus wie jene alt gewordenen Kommilitonen, die ich im ersten Semester wegen ihrer Eloquenz bewundert hatte und die ich nun bedauerte. Zudem ließ mir das Bafög-Amt gar keine andere Wahl, und die Uni, nach der ich noch manchmal Heimweh haben sollte, gab es eigentlich schon lange nicht mehr.
Die wirtschaftliche Depression hatte auch im Lehrkörper tiefe Spuren hinterlassen, besonders dort, wo die Stellen am unsichersten waren. Die Assistenten, die uns immer vorgeworfen hatten, unsere Generation sei eine einzige Enttäuschung, weil wir so furchtbar unbedarft seien, und die uns mit ihrer Kritikfähigkeit immer eine Nasenlänge voraus gewesen waren, wurden nun in ihren Äußerungen bedächtiger, und sie reicherten ihre Vorträge mit einem Schwall relativierender Füllwörter an, mit gewissermaßen und sozusagen. Auch gleichsam verhielten sich nun viele Dinge. Man merkte den Worten an, daß die Welt nicht so einfach war, wie wir sie uns vorgestellt hatten, und vieles, was wir mit Entschiedenheit verurteilten, nannten sie polyvalent. Aus den politischen Tageshändeln zwischen Studenten und Professoren hielten sie sich heraus, weil sie sich elementareren und, wie sie versicherten, letztendlich viel systemsprengenderen Kategorien

zugewandt hatten. Diese Beschäftigungen mit literarischen Themen nannten sie subversiv, wohl weil der systemsprengende Charakter oberflächlich nicht mehr zu erkennen war.
Natürlich fanden sie unter den Studenten sensible Anhänger, die die Zeichen der Zeit erkannt und schnell begriffen hatten, wie ein gesellschaftliches Engagement auf dem imagefördernden Teppich bleibt. Umgeben von diesen Famulanten, machten sie sich auf die Reise zu neuen Gegenständen ihres Interesses, von Hegel zu Heidegger, von Benjamin zu Brentano, von Brecht zu Benn. Nun waren sie bei Karl May und Ernst Jünger angelangt. Ihre Hosen waren modischer geworden, und irgendwie war es geil, nicht mehr ganz so kritisch zu sein.
Früher teilten sie sich zu dritt ein Zimmer, nun teilten sie sich zu zweit eine Stelle. Früher schrieben sie mit Kreide draußen auf die Tür: «Bin Kaffee trinken, komme gleich wieder.» Nun hängten sie einen maschinegeschriebenen Aushang auf: «Während der vorlesungsfreien Zeit findet meine Sprechstunde zweiwöchentlich zur gewohnten Zeit statt.» Irgendwann hatten sie zwischen geliehenen Gummibäumen ihre Antrittsvorlesung gehalten, waren Privatdozent geworden und saßen nun, einige Jahre später, immer noch auf einer Assistentenstelle. In traurigen Seminaren verteilten sie Kopiertes und stellten Fragen, die niemand beantworten mochte. Und sie spürten wohl manchmal wie wir Studenten: Da stimmte etwas nicht mehr. Die Behauptungen, unter denen der Universitätsbetrieb veranstaltet wurde, trafen nicht mehr zu.
Das Programm war auf ein preisgünstiges Angebot reduziert worden, gerade ausreichend, um die Arbeitsplätze einiger Akademiker zu erhalten und den dazugehörigen Studenten eine Statistenrolle zu gewähren, die den Niedergang der Hochschulen kaschieren sollte. Da war die Alma mater, vor der ich früher einmal so viel Respekt gehabt hatte wie ganz früher vor der Kirche, auf ein Betonskelett abgemagert, in dem mit ein paar Kopierern, eini-

gen Kaffeeautomaten, einer Liegewiese, einer Mitfahrzentrale, einem Fahrradständer, einem Vorlesungsverzeichnis, einigen Kilometern Bücher, einigen zeitlosen Fragestellungen, einer kleinen Schar akademischer Prokuristen, einer Handvoll wissenschaftlicher Abteilungsleiter, hilfswissenschaftlicher Sachbearbeiter und real existierender Sekretärinnen die Philosophische Fakultät betrieben wurde, in der die Animateure noch lange bestreiten wollten, daß sie ihren Job einer Arbeitsbeschaffungsmaßnahme verdankten. Die Geisteswissenschaften waren zur Verwahranstalt für verlängert Pubertierende geworden, ein Workshop für hundert Mark im Jahr, Sozialhilfe ohne Pflicht zu gemeinnütziger Arbeit, Phantasialand für Träumer wie mich. Meine Professoren behandelten mich mit schonender Nachsicht. Sie überließen mir die Auswahl meiner Prüfungsthemen, denn sie waren der Meinung, jeder solle zu sich selbst finden: «Fahren Sie doch mal nach Paris, wenn es Ihnen zuviel wird. Oder bleiben Sie hier, machen Sie, was Sie wollen.» Sie spürten auf ihre Weise, daß die Elite dieses Landes das Interesse an der Germanistik in dem Maße verlor, wie sie auf dem Weltmarkt um eine positive Handelsbilanz zu kämpfen hatte. Doch völlig wollte die freie Marktwirtschaft auf die schönen Künste auch nicht verzichten. Die BRD wird zwar durchaus ohne Mithilfe der Geisteswissenschaftler regiert, aber in den nostalgischen Stunden der Besinnlichkeit, wo auch die hartgesottensten Realpolitiker nichts von Vorwärtsverteidigung und struktureller Arbeitslosigkeit hören wollten, waren sie immer noch als Zitatengeber für Ansprachen zum Volkstrauertag und zum Tag der deutschen Einheit gefragt. Und man brauchte sie, um eine Sprache zu verwalten, die zurückgeblieben ist, weil die deutsche Wirklichkeit ohne sie auskommt. Noch duldete die Gesellschaft uns Bücherkundler wie Behinderte und alte Leute, unnütze Esser allesamt, aber Projektionsziel einer Humanitas, die sich nicht so leicht überwinden läßt wie die Schwelle zum begrenzten Atomkrieg.

Und so saßen meine gutbezahlten Hochschullehrer weiter vor uns immer schlechter bezahlten Studenten und verwalteten mit ohnmächtiger Machtfülle ihre absurden Probleme; und sie hatten keine Skrupel wie ich vor der Unwichtigkeit ihrer Beschäftigung, sie wunderten sich nie, daß ihre abseitigen Abhandlungen immer noch einen Verleger fanden, sie hatten mich jahrelang in dem Glauben gelassen, ich sei zu dumm für ihre Gedanken, während ich nur zu eingeschüchtert gewesen war, ihren Wortreichtum bedeutungslos zu finden. Sie waren ohne weiteres bereit, mich über Phantomthemen zu prüfen, die deswegen so abwegig sein durften, weil die Prüfung auch nur zu einem Phantomabschluß führte.

Manche Ordinarien, die nun nicht mehr so genannt wurden, reagierten auf die Deklassierung der Hochschulen mit dem trotzigen Ausbau ihrer Hofhaltung. Sie wußten nur zu genau, daß die Zahlungen der mittelbewirtschaftenden Behörde von ihren Forschungserfolgen unabhängig waren. Als das noch ein Vorteil war, hatten sie ihn schlecht genutzt. Jetzt war es nur noch ein Nachteil. Auch durch noch so originelle neue Interpretationen würde kein Geld mehr lockerzumachen sein. Wenn höheren Orts gesichtet würde, welche zukunftsträchtigen Disziplinen wenigstens privatisiert weitergeführt werden dürften, wäre ihr Institut mit Sicherheit nicht dabei. Je weniger wichtig ihre Arbeit draußen genommen wurde, desto wichtiger machten sie sie durch selbst erdachte Rituale und kultische Handlungen, die sie ihren wissenschaftlichen Meßdienern auferlegten. Da ließ sich ein Professor kurz vor der Vorlesung von seiner Sekretärin ein Glas Wasser aufs Pult stellen. Ein anderer betrat den Hörsaal immer im Abstand von zwei Metern hinter seiner Aktentasche, die von einer puterroten Studentin wie ein Paradekissen vor ihm hergetragen wurde, und ein ganz Feinsinniger witterte überall im Hörsaal Zugluft und ließ uns die angefeuchteten Zeigefinger hochheben, um den quälenden Luftzug zu lokalisieren.

Bei den Konservativen machte sich das neue Wertgefühl nicht so deutlich bemerkbar. Sie waren allzeit streng gewesen, hatten ihre Erfüllung im Fleiß gefunden und im halbjährlichen Abdruck eines Aufsatzes. Schwerwiegender war die Veränderung bei den Liberalen, die sich uns Studenten nie völlig auf Distanz halten mochten, weil sie beim fröhlichen Streit mit uns wie aus dem Jungbrunnen getrunken hatten. Ihre Projekte erforderten mehr Originalität als Gewissenhaftigkeit und eher Dialektik als Ordnungsliebe. Deswegen waren sie lange hin- und hergerissen worden zwischen dem Gefallen an der größeren Studentengunst, der sie sich erfreuten, und dem Wunsch, das daraus erwachsende Mißtrauen ihrer Kollegen zu zerstreuen. Seit nun mit aufklärerischer Wissenschaft nichts mehr zu gewinnen war, hatten auch sie den Bratenrock angezogen. Mit der Einsicht in die Beliebigkeit ihres Tuns wuchs ihr Zynismus, und mit ihrem Zynismus wuchs die Gemeinschaftserfahrung, die sie mit dem Rest der professoralen Männergruppe teilten: ein Gefühl der Kumpanei, das aus Diskretion und gegenseitigem Durchschauen der Subalternität bestand. Daß ihr gutes Verhältnis zu Studenten und Assistenten durch diese Entwicklung getrübt wurde, erleichterte es ihnen, öfter mal welche über die Klinge springen zu lassen.
Sie hofften, mit strengeren Anforderungen ihr Renommee retten zu können. Da machten sie eine lange Pause, wenn jemand im Seminar ein mittelmäßiges Referat vorgetragen hatte und wir in wohlmeinender Solidarität «Alles prima, alles ganz große Klasse» urteilen wollten. Sie bekamen eine strenge Falte an der Nasenwurzel und entledigten sich schließlich mit einer scharfen Kritik der Bauchschmerzen, die ihnen das Zuhören verursacht hatte. Sie forderten höheres Niveau. Damit ließ sich zwar nicht die Sinnkrise von Instituten lösen, deren Absolventen auf überhaupt keinem Niveau mehr gebraucht wurden, aber es verschaffte dem eigenen Amt zumindest kurzzeitig eine Aura von Verantwortung. Und ich war damit ganz einverstanden. Da ich

mich nun einmal auf das Examen eingelassen hatte, wollte ich auch die Autorität ernst nehmen können, der ich mich unterwarf.
Auf der Suche nach Prüfungsthemen kramte ich jahrealte Schnellhefter mit den unleserlichen Stenogrammen lange vergessener Vorlesungen hervor. Ich bekam Ratschläge von allen Seiten und war schließlich doch allein. Ich hatte mich der Unberechenbarkeit meiner Professoren überantwortet, und ihr drohendes Abschlußurteil stellte mich täglich in Frage. Ich versuchte, hinter ihre Geheimnisse zu kommen, ihre Launen zu ergründen, verhörte vorher Geprüfte und wollte mich auf alle Eventualitäten einrichten. Ich stellte mir die Prüfung vor, den Moment, wo ich hineingerufen und von den Prüfern begrüßt würde: Man fordert mich auf, Platz zu nehmen, ich halte mich an einem Kuli fest, einer schlägt die Beine übereinander und beginnt: «Lessing, Herr Grewe ...»
Ich fürchtete, daß sie besser vorbereitet wären als ich und besser im Bilde. Ich fürchtete ihre verbohrte Pedanterie und daß sie sich in der Prüfung auf die Abwege ihres seltsamen Fachs begeben könnten, die Gelegenheit nutzend, aus ihren vergessenen akademischen Provinzen zu berichten, vor dem traurigen Auditorium eines Prüfungsausschusses und eines magenkranken Kandidaten. Manchmal träumte ich, es wäre der Tag der Prüfung und ich bekäme keinen einzigen Ton heraus. Dann redete ich mir wieder ein, daß die Professoren eigentlich eine gute Meinung von mir haben müßten und daß ihr Vorurteil die Wahrnehmung meiner Schwächen trüben würde. Dann wieder bekam ich Angst, all meine Wissenslücken, die ich lange Jahre hinter einer saloppen Rhetorik versteckt hatte, könnten in der Prüfung aufgedeckt werden. Oder am Morgen des Examens fiele dem Professor bei der Lektüre eines Feuilletons noch eine skurrile Frage ein, die mich entwaffnen würde.
Ich begann zum erstenmal seit Jahren, wieder systematisch zu

lernen. Martina teilte ich zunächst den jeweiligen Stand meiner Forschungen mit. Es interessierte sie nicht, aber sie gab sich Mühe, sich nichts anmerken zu lassen. Das kränkte mich. Ich hatte nämlich gerade begonnen, meine Themen interessant zu finden. Meine wortlosen Tage hinter den Büchern machten mich einsam, und obwohl ich immer noch Student war, hatte der lange Abschied vom Studentenleben bereits begonnen.

Ich suchte Vorwände, wieder auf den Campus zu kommen, besorgte ein Buch aus der Bibliothek, besuchte eine Sprechstunde oder eine Studentenversammlung. Aber dort waren die Zeiten vorbei, wo man auf der Treppe sitzen mußte, wenn man zu spät gekommen war. Wer erschienen war, gab sich unbeteiligt. Viele blieben, als hätten sie nur eben hereinschauen wollen, an den äußeren Rändern des schwach besetzten Auditoriums stehen, während sich die verbliebenen Aktiven rund ums Podium scharten, alte Konflikte austrugen und mit beschwörenden Formeln zu informieren versuchten. Am meisten wollten sie diejenigen informieren, die nicht gekommen waren. Es schien, als sei die Mehrheit der Studenten nur noch nebenbei eingeschrieben. Wer zur Uni kam, blieb nur solange wie nötig. Student zu sein, bot keine Identität mehr. Es mutete naiv und unzeitgemäß an, Interessen durchsetzen zu wollen. Als Ort der Auseinandersetzung war die Uni abgeschrieben.

Es gab mittlerweile ganz neue Fronten, an denen die gesellschaftliche Auseinandersetzung geführt wurde. Von denen träumte ich, während ich über den Büchern saß. Schaute einen Sommer lang sehnsüchtig nach Zürich, das die Jüngeren vergeblich vom Packeis zu befreien versuchten. Die schienen weniger kompromißbereit zu sein als wir damals. Sie waren jung und hatten recht. «Gefühl und Härte» war einer ihrer Slogans, der mir gefiel. Aber ihre großbürgerlichen Eltern machten kurzen Prozeß mit ihnen. Die waren nicht dialogbereit wie unsere sozialliberalen Aufsichtspersonen, die freitags im Bundestag Familienrat

hielten, ob sie uns samstags unbeaufsichtigt nach Brokdorf fahren lassen könnten. Und als sie endlich befunden hatten, daß wir nicht fahren sollten, hatten sie unsere schlummernde Renitenz schon unwiderruflich aufgeweckt.
Ich fuhr nicht nur aus Angst vor der Kernenergie nach Brokdorf. Es war, als müßte ich dort vorbeischauen, um die Zeit der Lähmung endlich zu beenden. Und diesmal war ich alt genug, lange aufzubleiben.
In dem Konvoi aus Kleinwagen und Reisebussen zwischen dem Kamener Kreuz und den Harburger Bergen waren wir endlich wieder vereint, die sanfte Gemeinschaft, solidarisch und rücksichtsvoll wie damals bei den Pop-Festivals, wo wir uns an den Händen gehalten und gesungen hatten: «Find the Cost of Freedom». Da konnte uns kein Verwaltungsgericht mehr aufhalten und auch kein Haufen Sand, den uns der Staat auf die Überholspur gekippt hatte, um unseren Elan zu bremsen.
Auf der gefrorenen Marsch blies ein scharfer Wind. Ich ging viele Kilometer, immer hinter den anderen her, ohne Orientierung, ohne zu wissen, wo sich die Konfrontation abspielte, die überall und nirgends zu sein schien, eine Schlacht in den Wolken. Und während ich mich fragte, wo dieses System überhaupt noch zu greifen sei, kamen auf VW-Bussen thronend die Entschlossenen an mir vorbeigefahren, die neue Generation des Widerstands, stolze Häuptlinge, vermummt und martialisch.
Die machten mir klar, daß meine Jugend endgültig vorüberging und daß sie keine Zeit hätten, mit mir über ihre Äxte und Stangen zu diskutieren, und keine Lust vor allem. Ich trug keine Turnschuhe und keine Lederjacke, auf die hinten «Abwärts» gesprüht war. Ich besaß auch keinen Motorradhelm. Und sie ließen mich spüren, daß sie mich für einen ängstlichen Mitläufer voller Illusionen hielten, eben gut genug, als träge Masse in einer Bewegung zu dienen, in der sie sich für die Gefährlichsten halten durften. Sie hatten ihre Front gefunden, sie philosophierten

nicht über die Macht des Zusammenhangs, sie trafen das System an einem Bauzaun. Und die Verbissenheit, mit der der Staat jeden Meter bewachte, bestärkte sie in ihrer Hoffnung, mit jedem Stacheldraht sei auch ein Stück von diesem Staat zu überwinden.

So zogen wir aneinander vorbei, am Anfang einer Zeit, in der sie noch viel Prügel einstecken mußten, von Fußballfans und Neonazis, von Bürgerwehren und Sondereinsatzkommandos, und ich immer bei denen blieb, die mit behutsamer Ungezogenheit, singend, argumentierend und um Verständnis werbend umherzogen, gegen Häuserabriß, Schnelle Brüter und Enthauptungsschläge.

Daheim bei den Büchern, kam mir die Examensvorbereitung immer unwirklicher vor. Iris rief an und hatte Depressionen, und während ich viel Verständnis für ihre Lage zeigte, weil eine Trennung nach sechs Jahren bestimmt nicht einfach ist, riß mich mein Mitleid trotzdem nicht aus dem «17. Brief, die neueste Literatur betreffend». Mutter rief ebenfalls an und beklagte sich bitter, daß ich mich schon seit Wochen nicht mehr hatte sehen lassen und daß es ihr auch nicht gut gehe und Vater so viel arbeiten müsse, daß er abends kaum noch mit ihr reden würde vor Müdigkeit. Ich hätte sie gern besucht, aber mich erwartete noch die Abhandlung «Über naive und sentimentalische Dichtung».

Die Sprachlosigkeit zwischen Martina und mir dauerte an. Ihr Schweigen war schon lange etwas ganz anderes als Rücksichtnahme auf mein Lernen. Aber der Disput zwischen Ludovico Settembrini und Leo Naphta auf der Hauptstraße von Davos-Dorf beschäftigte mich, und es blieb keine Zeit für klärende Worte, die mir ohnehin nicht eingefallen wären.

Ab und zu, wenn meine Prüfungsangst unerträglich geworden war, ging ich zu meinen Professoren, den gefürchteten Wunderheilern, die mir die Hand reichten, mich in ihr Sprechzimmer baten, mir tief in die Augen schauten und ernst und milde fragten: «Was wollen wir heute besprechen?» Und ich beichtete ihnen meine Arbeitsprobleme. Sie hörten aufmerksam zu und machten mir Mut: «Fangen Sie einfach mal an, und dann berichten Sie mir wieder.» Sie machten sich Notizen und begleiteten mich sanft zur Tür, und für ein paar Tage war ich geheilt.

Dabei waren all die strengen Anforderungen nicht nur versehentlich übriggeblieben aus der Zeit, als ein Examen noch zu einem Beruf führte. Sie waren die letzte Ehre, die der Staat mir erweisen sollte, eine unerbittliche, aber respektvolle Aufmerksamkeit. Meine Professoren, das Prüfungsamt und ich, wir alle durften noch einmal daran glauben, das Studium diene einem Zweck und die peinliche Befragung an seinem Ende sei wirklich dazu da, nur den in das akademische Leben zu entlassen, der es verdiene. Mit der Vorbereitung auf die Prüfung beschwor ich eine Zukunft, die schon lange Vergangenheit war.

Ich blätterte in Büchern, von denen ich nicht wußte, warum es sie gab, zählte 250 Seiten, zog die Anmerkungen hinten und den Vorspann vorne ab, entschloß mich, einige Kapitel nicht zu lesen, und tröstete mich, daß zwischen den Kapiteln leere Seiten kämen. Ich mühte mich durch die Texte und wußte am Ende nicht mehr, was ich gelesen hatte. Dann wünschte ich mir manchmal, das Examen wäre jetzt ganz schnell vorbei, egal wie unvorbereitet ich hineinginge. Doch ich besann mich wieder. Solange die Prüfungen noch bevorstanden, hatte ich noch eine Aufgabe.

Ich hatte Angst vor der Prüfung, und ich sehnte sie herbei, denn nur eine harte Prüfung bedeutete Anerkennung für die lange Arbeit, mit der ich niemandem einen Dienst erwies, die niemand brauchte und keinen interessierte, nur mich selbst gelegentlich, der ich mich durch das Lernen mehr und mehr aus der Wirklichkeit entfernte.

Ich schlief unregelmäßig und zog drei Tage hintereinander die gleichen Sachen an. Wozu sollte ich mein Oberhemd wechseln, wenn ich die Wohnung doch nicht verließ? Zum Frühstück nahm ich schwarzen Instant-Kaffee und einen Schokoriegel, mittags aß ich geschnittenes Brot aus der Plastiktüte und lang haltbare Katenrauchwurst oder Pommes rot-weiß aus dem Schnellimbiß gegenüber, und ich hätte es dabei belassen, wenn Martina nicht abends etwas gekocht hätte. Sie sorgte für Vitamine und warme Mahlzeiten. Dann unterbrach ich meine Arbeit, freute mich über den gedeckten Tisch und wußte nicht, was ich mit ihr reden sollte. Später saß ich bis in die Nacht in der Küche und las, den Kopf in die Hände gestützt. Wenn Martina aus ihrem Zimmer kam, sagte sie: «Armer Kerl», und bevor ich noch antworten konnte, war sie wieder verschwunden. Schließlich schrieb ich, mit hundert anderen nervösen Kommilitonen eine Klausur, während uns ein Akademischer Oberrat mißtrauisch hinter einer «Frankfurter Allgemeinen» hervor beobachtete, und vollendete meine achtzigseitige Arbeit, die mir Martina schließlich abtippte, nachdem ich ihr mit meinem Zweifingersystem das Herz erweicht hatte. Ich kopierte zwei Exemplare und gab eines in schwarze Pappe gebunden ab. Viel später, lange nachdem der Professor seine Beurteilung abgegeben hatte, fand ich ganze zwei Bleistiftstriche darin, einen in der Einleitung und einen am Ende.

Vor den mündlichen Prüfungen nahm ich mir eine Lesekabine in der Universitätsbibliothek. Ich wollte dem Telefon entgehen, dem Besuch für Martina, meinem Plattenspieler und der Kaffeemaschine, die mir die Konzentration nahmen. Die Kabinen wurden für vier Wochen jedem Examenskandidaten zur Verfügung gestellt. Inmitten der riesigen Universität waren sie Inseln des Privatbesitzes. Bücher, Zeitschriften und meine sorgfältige Kartei konnten hier auch über Nacht bleiben, nur ich nicht. Abends wurden die Zellen verschlossen, und morgens geleitete mich die Bibliotheksaufsicht mit dem Generalschlüssel wieder dort hinein.

Die Kabine war nicht breiter als die Tischplatte, die vor dem Fenster festgeschraubt war, damit der energiesparende Abstand zum Heizkörper gewahrt blieb. Von meinem Platz aus konnte ich nur in die dritte Etage der umliegenden Gebäude sehen. Wollte ich auf den Campus hinabschauen, mußte ich mich auf den Tisch legen und mich mit den Händen auf dem Heizkörper abstützen. Das Thermopanefenster ließ sich nicht öffnen, wegen Selbstmordgefahr und Klimaanlage, und die Klimaanlage temperierte ein paar Grad zu kühl, wegen alter Handschriften und wegen der Sparmaßnahmen. Es war vollkommen still in dieser Zelle. Manchmal nickte ich ein. Mein Kopf sackte weg, fiel nach hinten, und ich schreckte auf mit dem Gefühl, hinter mir schaue ein Augenpaar durch das Supervisionsfenster in der Tür. Ich drehte mich um, aber es war niemand da.
Diese Fenster dienten der Durchsetzung des Reglements. Es war streng verboten, hier zu zweit zu arbeiten. Die Direktion befürchtete Zärtlichkeiten. Auf die Garderobenschränke im Parterre hatte der Rektor eine mehrseitige Benutzerordnung kleben lassen. Darin stand, daß Schränke, die abends nicht ordnungsgemäß geräumt wären, von der Verwaltung geöffnet würden, wobei die Pfandmünze im Wert von DM zwei zugunsten der Landeskasse eingezogen würde. Die Universität war ein Rechtsstaat. Jeder wußte, was ihn erwartete. Alles war konsequent. Alles war sauber, außer wenn es zu viele Studenten benutzt hatten.
Das Examen war der Ernst des Lebens auf der Spielwiese, und meine Zelle in der Bibliothek gehörte zu diesem Spiel dazu. Sie war fast ein richtiger Arbeitsplatz, so wie es auf einem Verkehrsübungsplatz fast richtige Straßen gibt. Ich spielte dieses Spiel mit, setzte mir richtige Bürozeiten und beeilte mich morgens, um Punkt neun dort zu sein. Ich erlaubte mir nicht mehr als drei Zigarettenpausen am Vormittag und verbrachte nur eine Viertelstunde vor dem Getränkeautomaten im Erdgeschoß, wo ich die Leidensgenossen traf. Mittag machte ich pünktlich um eins,

und Feierabend war um fünf, und der kam mir verdient vor, egal, wie viel ich geschafft hatte. Ich wünschte mir, die Zeit wäre damals stehengeblieben. Ich wäre gern immer im letzten Monat Bafög-Empfänger geblieben.
Aber das Prüfungsamt schickte die Termine. An einem grauen Dienstag um vierzehn Uhr fünfzehn hatte ich meine letzte Prüfung. Ich war gut vorbereitet, und die Prüfer waren wohlwollend. Nach einer knappen Stunde stand ich wieder auf dem Gang und wußte zunächst nicht, was ich machen sollte. Vor lauter Verlegenheit ging ich zur Toilette und trank anschließend einen Automatenkaffee. Tief in Gedanken schlenderte ich zur Straßenbahn und übersah fast einige Kommilitonen, die mich ansprachen. Ich wunderte mich, daß sie nicht wußten, daß ich heute Prüfung gehabt hatte. Und ich wunderte mich, daß sie nicht wußten, daß ich kein Student mehr war.

Der Weg ins Leben

Zu Hause war es wie nach einem langen Aufenthalt im Krankenhaus. Ich räumte den Schreibtisch auf, trennte mich von Bergen ungelesener Zeitungen, bezahlte einige überfällige Rechnungen und ließ die Waschmaschine den ganzen Tag laufen. Aber ich war nicht von der Männerstation zurückgekommen, ich war aus dem Studium zurückgekehrt, und nun erwartete mich am aufgeräumten Schreibtisch keine Arbeit mehr.
Nun wäre es Zeit gewesen für all das, was ich in den Monaten davor vermißt hatte. Doch gerade die Zeit war es, unter der ich zu leiden begann. Ich erledigte Einkäufe, reparierte mein Fahrrad, besuchte die Eltern und blieb bis zur Spätausgabe der Tagesschau, ging drei Tage hintereinander ins Kino, frühstückte jeden Morgen ausgiebig im Bademantel und spürte immer deutlicher, vor welchen Entscheidungen ich mich bisher gedrückt hatte. Solange die Prüfung noch vor mir lag, hatte niemand von mir Klarheit verlangt, wie es weitergehen sollte, nicht einmal ich selbst. Gewiß, die Zeiten waren schlecht. Aber natürlich hätte mir keiner geraten, so kurz vor dem Abschluß aufzugeben. Das wäre unvernünftig gewesen, wegen meines Selbstbewußtseins und wegen der Rentenversicherung.
Mit einem Urlaub konnte ich mir noch einen Aufschub vor weiteren Schritten verschaffen. Martina und ich hatten uns eine Reise vorgenommen, wenn alles überstanden wäre, als Belohnung und als Neuanfang, nicht weit weg, aber weit genug aus dem kalten Deutschland, zwei Tagesreisen mit dem Auto, und ohne viel vorzubereiten.
Wir blieben sehr schweigsam auf der Fahrt, und ich war froh

über den Tramper, der uns von Stuttgart bis Bozen unterhielt. Die Wolken hingen tief, und die Berge sahen schmutzig aus. Martina strickte ausdauernd und drehte immer wieder die Patty-Smith-Cassette um, weil sie von «Because the Night ...» nicht genug bekommen konnte. Wir tranken einen Espresso in Rovereto-Nord und noch einen in Modena-Süd und einen letzten in Rimini und schauten uns kaum dabei an. Schließlich übernachteten wir in Porto Recanati, und obwohl es uns am nächsten Morgen dort nicht sonderlich gut gefiel, blieben wir vierzehn Tage.

Wir unternahmen lange Spaziergänge am Strand, der in den Wintermonaten nicht vom Treibgut gereinigt wurde. Die Sicht war schlecht, und die See roch ölig. Nun sollte alles anders werden, hatten wir uns versprochen. Denn nun hatten wir Zeit füreinander und könnten unsere Probleme gemeinsam lösen. Doch jetzt saßen wir als einzige Gäste in einer kalten Pension, schauten auf das traurige Meer und fragten uns, was eigentlich unsere Probleme waren.

Ich war gereizt und konnte mich dafür nicht mehr mit dem Prüfungsstreß entschuldigen. Ich hatte eigentlich gar keinen Grund mehr, gereizt zu sein. Warum war ich es doch? Alles Glück war seit Monaten verschoben worden auf diese Zeit nach dem Examen. Nun gaben wir uns Mühe, glücklich zu sein. Und als das nicht so recht gelingen wollte, trösteten wir uns, daß ich erst einmal wieder zur Ruhe kommen müßte.

Martina hatte das Examen noch vor sich. An all meinem Prüfungsleiden hatte sie mit stillem Interesse für das teilgenommen, was ihr noch bevorstand. Sie war froh, daß sie noch Zeit hatte bis dahin, und wollte gern noch eine Weile vergessen, was auf sie zukam. Sie hatte Mitleid mit mir gehabt wie mit einem, der eine lästige Grippe mit sich herumträgt, und wollte nicht zu sehr an mich heran, um sich nicht anzustecken. Nun brach eine viel schlimmere Krankheit aus, die sich nicht bessern, sondern chronisch werden würde: Mir fielen keine Pläne ein. Ich hatte das Examen in der Tasche, und jetzt hatte ich keine einleuchtende Verwendung dafür. Was ich mir hätte einfallen lassen können, kam mir wie Hochstapelei vor. Dabei hätte ich gern eine Zukunft gehabt, die Martina interessant finden konnte. Aber weil mir keine Pläne einfielen, mußte Martina sich schon wieder fragen, ob ihr mehr einfallen würde, wenn sie einmal soweit wäre. Und daran dachte sie nicht gern.

Vor langer Zeit hatte Italien zu meinen Plänen dazugehört. Hier wollte ich einmal einen Teil meines Lebens verbringen. Jetzt wäre es Zeit gewesen, damit ernst zu machen. Aber als was und womit? Ich versuchte, die verregnete Adria zu genießen, als ließe mich das schlechte Wetter am mediterranen Alltag teilnehmen, der den Saison-Touristen verschlossen bleibt. Aber mein Alltag bestand aus Cappuccinotrinken und Schweigen. Nicht einmal lesen mochte ich mehr. Martina und ich bemühten uns, Erlebnisse zu planen, die unsere Stimmung aufhellen könnten und unsere alten Gefühle wieder zum Erwachen brächten. Wir fuhren nach Ravenna und San Marino. Wir gingen ein ums andere Mal festlich essen. Aber wir fühlten uns so leer wie die Trattorien, in denen wir saßen, und machten das Wetter dafür verantwortlich, daß nichts so war, wie es sein sollte. Als die zwei Wochen vorüber waren, fuhren wir ratlos nach Hause.

Ich suchte mir Pflichten. Ich ging zur Schulbehörde. Sie überließ mir zahlreiche Formulare. Es war nicht einfach, sie auszufüllen. Ich hatte viele Besorgungen zu machen, um alle Anlagen zu komplettieren. Ich war unterwegs, um Bescheinigungen einzuholen, ich mußte Kopien beglaubigen lassen. Das alles dauerte Tage. Ich erzählte Martina gern davon, wieviel ich zu tun hatte. Schließlich brachte ich meine vollständigen Bewerbungsunterlagen zur Einstellungsbehörde. Dort wurden sie auf einen großen Berg mit den Formularen der anderen Bewerber gelegt.

Die Behörde versprach nichts, sie konnte keine Zusagen machen

und keine Termine nennen, weder verbindliche noch unverbindliche, sie hütete sich. Aber sie bestritt mir auch nicht grundsätzlich das Recht, meine Ausbildung irgendwann durch den Eintritt in das Referendariat zu vollenden. In einem Jahr könnte es soweit sein oder auch später.
Ich renovierte mein Zimmer, sortierte meine vielen Bücher alphabetisch und erfaßte sie auf Karteikarten. Ich besserte mein Italienisch zweimal wöchentlich in einem Volkshochschulkurs auf. Und immer wieder zog es mich zum Campus, weil das Essen in der Mensa so billig war, wie ich mir einredete. Oft gelang es mir, meine Besuche bis in den Abend hinein zu verlängern. Wegen der ausländischen Tageszeitungen, die im Foyer der Bibliothek auslagen, oder wegen Martina, die ich auf ihre Fachschaftsfeten begleitete, was ihr immer weniger gefiel.
Überall traf ich Entlassene, Ausstudierte wie ich selbst, die einfach in der Uni sitzen geblieben waren, weil sie niemand wegjagte. Sie warteten wie ich darauf, daß es Abend würde. Wir gingen uns aus dem Weg, hatten Angst vor dieser schrecklichen Schicksalsfrage, mit der wir einander behelligten: «Was machst du denn jetzt so?» Früher hätte ich geantwortet, ich warte auf Martina, um mit ihr ins Kino zu gehen. Aber ich wußte natürlich, was gemeint war. Da wollte einer hören, daß ich genauso in der Luft hing wie er selbst.
Am liebsten übersah ich die bekannten Gesichter aus den Seminaren, die eine Ewigkeit zurücklagen. Ich wollte nicht angesprochen werden, keine Fragen beantworten und auch nichts von irgendwelchen Plänen hören. Mich interessierte es nicht, wenn einer mit großer Überzeugung verkündete, sein nächstes Projekt hieße Katja, oder wenn ein anderer von einer Dissertation berichtete, die er schon fix und fertig im Kopf mit sich herumtrage und nur noch zu Papier bringen müsse. Ich trug doch selbst Projekte mit mir herum und wußte ganz genau, daß sie nichts als Mittel gegen die Langeweile waren.

Dabei hätte ich keinen Moment lang gezögert, mich für zwei Jahre als wissenschaftlicher Hilfsarbeiter an einem Lehrstuhl zu verdingen, hätte kopiert und Kaffee gekocht, an der Reputation des Lehrherrn mitgebastelt und nebenbei eine Dissertation geschrieben. Aber ich hatte mich nicht rechtzeitig um eine solche Verlängerung des Studentenlebens bemüht, hatte mich an keinem Lehrstuhl besonders hervorgetan, war immer nach den Seminaren direkt ins Freie gestürzt, und auch auf das zwanglose Beisammensein am Ende des Semesters hatte ich nie Wert gelegt. Jetzt war es zu spät, auf eine freiwerdende Stelle zu hoffen, denn die meisten Helferposten waren längst «künftig wegfallend» oder «künftig freibleibend». Der akademische Höhenweg war schon an seinem niedrigsten Einstieg versperrt, und ich beschloß, darüber erleichtert zu sein. Was hätte ich auch anfangen sollen auf diesen Institutsausflügen, die zu guter Letzt im Bungalow des Professors endeten, wo wir die gelungene Etablierung hätten bestaunen können, die schöne, intelligente Frau, die über Frauenthemen arbeitete, das wohlgeratene Mädchen, das Klavier spielte, und ihn selbst, der übermütig den Flohwalzer intonieren würde und uns lange nach Mitternacht winkend an der Haustür verabschiedete, eingerahmt von seinen beiden Frauen, während wir verzweifelt einen Durchschlupf aus dem verwinkelten Wohnpark suchen würden. Und ich brauchte auch nicht in der Phalanx mitzumarschieren, wenn der Lehrstuhl mittags geschlossen in die Mensa einrücken und sich an der Tür ein kleiner Stau bilden würde, weil jeder dem anderen den Vortritt lassen wollte, die einen aus Unterwerfung und die anderen aus Überheblichkeit.

Das blieb mir alles erspart, aber was blieb mir überhaupt? Ich war kein Student mehr, aber auch noch kein Lehramtsanwärter, mein Status bestand darin, daß ich mich für den Vorbereitungsdienst beworben hatte. Und ich wußte nicht einmal, ob ich diesen Dienst überhaupt noch leisten wollte, auf den ich nun wartete. Vorbereitungsdienst, das klang nach Initiationsriten und Advent. Eine Fortsetzung des Studiums würde er bestimmt nicht sein, eher eine Umkehr von den Irrwegen der Theorie, eine Besinnung vor der Ordination. Studiendirektoren würden mich empfangen und in ihre Obhut nehmen. Sie freuten sich bestimmt schon darauf, mir mit Lob und Tadel die universitären Flausen aus dem Kopf zu jagen. Es wären Männer der Praxis, die wüßten, daß sie recht haben, weil sie Männer der Praxis sind.

Ich hatte mich nach zwanzig Jahren Ausbildung daran gewöhnt, daß nach dem ersten Schuljahr das zweite kam und nach den Weihnachtsferien die Osterferien und nach dem Wintersemester das Sommersemester. Immer ging es weiter, ganz von selbst, meine Pflichten waren vorgezeichnet, und ich brauchte mir keine Gedanken zu machen. Das hatte mir Sicherheit gegeben, und es war gut so. Und da war es verständlich, daß ich bereit war, noch zwei Jahre im Referendariat unterzukriechen, bevor ich endgültig aus dem Bildungswesen in die Arbeitslosigkeit ausgeschieden würde. Zudem hätte ich ein Recht darauf, meine Ausbildung abzuschließen, sagte ich mir, und es gäbe in Wirklichkeit ohnehin nicht genug Lehrer, ich dürfe jetzt den Schikanen des Kultusministers nicht nachgeben. Außerdem hätte ich nicht gewußt, was ich sonst machen sollte. Ich hatte mich also beworben und konnte vor mir selbst und allen anderen sagen, daß ich getan hatte, was ich konnte. Ich hatte guten Willen gezeigt und durfte jetzt abwarten.

Nun mußte ich während der Wartezeit die Brötchen selbst verdienen, wie Vater es immer genannt hatte, denn als ehemaliger Student hatte ich keinen Anspruch auf Arbeitslosenhilfe erworben. Ich ging zu einer Montagefirma, bei der ich schon in den Semesterferien gearbeitet hatte. Die suchten jemanden, der alle die Arbeiten machen sollte, für die die Facharbeiter zu teuer waren, und der auch mal mitfuhr für fünf Tage nach Hannover,

München oder Frankfurt am Main. Da kam ich ihnen gerade recht.
Oft arbeitete ich zehn Stunden und länger oder war tagelang unterwegs. Ich sah Martina nur noch selten, eher zufällig, konnte ihre Anwesenheit oft nur aus dem Geschirr rekonstruieren, das sie benutzt hatte, oder aus den Gegenständen, die im Badezimmer verstreut waren. Unsere Beziehung ging lautlos ein, und da war es gut, daß ich abgelenkt war, denn wenn ich auch tatenlos hinnahm, was sich nicht ändern ließ, hatte ich doch Angst vor dem Alleinsein.
Sie hätte sich verliebt, erklärte sie mir eines Abends, als wir beide zufällig nichts Besseres zu tun hatten, als zu Hause zu bleiben, und es täte ihr leid, denn sie möge mich wirklich gern, aber es sei nun alles so anders gekommen, und da weinten wir beide einen Moment lang. In den nächsten Wochen fand ich immer wieder Mitteilungen von ihr auf dem Küchentisch wie «Mir geht es gut, Dir auch, Schatz?» oder «Gestern war ich den ganzen Abend zu Hause und hätte gerne mit Dir geredet.» Schließlich erzählte sie, ihr Martin hätte sie gern immer bei sich und würde unter dem ständigen Hin und Her leiden. Zudem sei noch genug Platz bei ihm, und sie werde bald ausziehen, würde aber natürlich noch eine Zeitlang ihre Miete weiterzahlen, damit ich keine Nachteile hätte. «Laß nur», sagte ich, teilte mit ihr die Güter, die wir gemeinsam angeschafft hatten, und half ihr schließlich an einem Samstag, die Möbel in einem violettlackierten VW-Bus zu verstauen, auf dem vorn eine große, gelbe Sonne lachte.
Am Montag darauf lag ein Schreiben der Schulbehörde im Briefkasten. Ich dürfe nun mein Referendariat an einem Gymnasium, 45 Straßenbahnminuten von meiner Haustür entfernt, antreten. Ich war vollkommen überrascht, hatte mit einer solch plötzlichen Wendung nicht gerechnet und fragte mich einmal mehr, ob ich das Referendariat überhaupt beginnen wollte. Zu welchem Zweck auch? Warum sollte ich zwei Jahre Streß ertragen, wenn

ich anschließend genauso aussichtslos auf dem Arbeitsmarkt herumstand wie jetzt? Und hatte ich nicht schon lange aufgehört zu glauben, für keinen anderen Beruf als den des Lehrers geeignet zu sein? Gab es nicht doch bei allen Zukunftsplänen eine Hintertür, die über die Verbeamtung hinausführte? War das Lehrerdasein bei aller Sicherheit nicht auch unendlich langweilig? Diese immer wiederkehrenden Jahreszeiten der Schule, die großen Ferien, die blauen Briefe, die Zeugnisse? War es das gewesen, was ich mir vom Leben erträumt hatte – immer neuen Generationen von Schülern etwas über die neuhochdeutsche Monophthongierung zu erzählen und über Max Frisch? Hatte ich nicht früher meine Lehrer bedauert, wenn sie mit durchgedrückten Knien und traurigen Augen machtlos gegen unsere Leistungsverweigerung ankämpften, an der alle guten Worte abprallten und auch alle Drohungen? Nie durften sie Eigenes vollbringen, immer gaben sie nur das Wissen ihrer Zeit weiter, und das wurde schal mit den Jahren, die sich wie Aktenstaub über ihre Examen legten. Da wiederholten sich nicht nur die Beispielsätze, sondern auch die Witze, die die älteren Schüler uns schon erzählt hatten. Wollte ich so einer werden, der sich nie sicher sein könnte, ob er seine Witze nicht schon zum zweitenmal erzählt und die Klasse nur aus Höflichkeit lacht oder Mitleid?

Ich freute mich nicht mehr über die Offerte der Schulbehörde. So sehr ich gefürchtet hatte, nicht zugelassen zu werden, so sehr hatte ich zugleich gehofft, verschont zu bleiben und mich nicht entscheiden zu müssen.

Aber jetzt, wo ich dieses Angebot in der Hand hielt, wollte ich es zumindest einmal prüfen. So kehrte ich nach langen Jahren wieder in die Schule zurück. Das Gymnasium sah so ähnlich aus wie mein früheres: drei Trakte Fertigelemente, der mittlere Flügel war auf Stelzen gesetzt, darunter ein zugiger Pausenhof mit der Raucherecke. Der Hausmeister führte einen Kiosk. Sein Verkaufsschlager waren Brötchen mit einem eingequetschten Mohrenkopf. Ich hatte nicht den Eindruck, daß ich mich äußerlich sehr von den Schülern unterschied; vielleicht waren aber viele etwas ordentlicher gekleidet. Mein Mentor sagte «Aha!» zur Begrüßung, und daß schon viele Referendare durch seine Hände gegangen seien und daß viele ihn gehaßt hätten, weil er Wert auf Leistung lege, aber zum Schluß hätten sie sich alle bei ihm bedankt, weil sie etwas gelernt hatten. «Denn», fuhr er fort, «was Sie an der Uni gelernt haben, das können Sie alles vergessen. Hier fängt jeder wieder von vorne an.» Nun wäre es an mir gewesen, «Da mögen Sie recht haben» oder zumindest «Schon möglich» zu antworten, aber ich schwieg, und da wußten wir, daß wir uns nicht mochten.

Der Seminarleiter, der mich und die anderen Referendare nachmittags begrüßte, drückte sich eleganter aus, sagte oft «Wissen Sie?» und «Nicht wahr?» und «Damit brauche ich doch Sie nicht zu langweilen». Einige rief er mit Namen auf, auch mich, und ich fragte mich erschrocken, ob ich schon dumm aufgefallen war oder etwas in meinen Akten stand, ob irgend etwas gegen mich im Gange war oder ob wir uns schon mal begegnet waren und ich es vergessen hatte. Später erfuhr ich sein kleines Geheimnis. Vor jeder Begrüßung eines neuen Seminars prägte er sich einige Paßfotos aus den Personalakten ein, um die Neulinge zu verblüffen. Es machte ihm Spaß, Macht zu haben. Seine wissenschaftlichen Ambitionen von früher trug er unbewältigt mit sich herum. Auch er hatte einmal Träume gehabt, und dann war sein Leben bescheidener geraten. Deswegen galt ihm die Wissenschaft jetzt als Überspanntheit und alles als Wissenschaft, was sich nicht in überschaubare Unterrichtseinheiten zerlegen ließ. Sein fachliches Interesse hatte sich im Lauf der Zeit diesem Horizont angepaßt.

Bei diesen Ausbildern erging es mir nun wie einem Gymnasiasten, der eine Lehre in der Elektrowerkstatt beginnt. Der Meister fühlt sich hier und da unterlegen und zeigt dem Stift zuallererst

einmal, was der alles nicht kann. Meinen Ausbildern gelang dieses Auflaufenlassen viel subtiler, denn sie hatten das große Latinum.
Da saß ich nun nach einer knappen Vorstellung ganz hinten in der Klasse und hospitierte, hörte zu, machte mir Notizen, und wenn in der Klasse Unruhe entstand, wurde ich der Einfachheit halber gleich mitverwarnt. Ich lernte, als wäre seit meiner Schulzeit nichts geschehen, wie Heinrich Mann und Bertolt Brecht mit Abfragewissen und Ausgewogenheit wieder zur Strafarbeit werden können. Nach der ersten Stunde empfing mich mein Mentor mit einem Na-wie-war-ich-Ausdruck im Gesicht und machte mich auf die Schwächen einzelner Schüler aufmerksam, und ich bemühte mich, immer einen Meter Abstand zu halten, weil er allein schon wegen seiner Größe dazu neigte, ganz selbstverständlich seine Hand auf meine Schulter zu legen.
Es nahte der Tag meiner ersten eigenen Unterrichtsstunde. Ich ging in die Universitätsbibliothek, las zahlreiche Texte, entwarf ein didaktisches Konzept, legte Unterrichtsziele fest, plante einen aufmunternden Medienwechsel in der Mitte der Stunde und kopierte auf farbiges Papier. Ich schlief schlecht in meiner unaufgeräumten Wohnung, wo Martinas Spuren noch nicht getilgt waren und weiße Flecke zeigten, wo ihre Bilder gehangen hatten. Ich hätte etwas unternehmen müssen, um unter Leute zu kommen, aber fürchtete mich vor allem, was nicht geplant werden konnte, und hatte Gott sei Dank keine Zeit. Es gab nicht einmal Anlaß, etwas einzukaufen, ich hatte sowieso mehr Magenschmerzen als Appetit. Lediglich ein Vorrat an Flaschenbier mußte zu meiner Beruhigung greifbar sein.
Tapfer hielt ich meine Stunde, stotterte in der Motivationsphase und gewann in der Informationsphase Sicherheit. Als ich schließlich von meinem Konzept abwich und mit gezielten Rückfragen den Transfer testen wollte, sahen mich die Schüler alle mit leerem Blick an. Ich fuhr fort, denn mein Thema machte

mir Spaß. Als ich zum Schluß wissen wollte, ob es noch Fragen gebe, meldete sich ein Schüler und fragte, ob wir nicht fünf Minuten früher schließen könnten, denn dann würden sie ihren Bus noch bekommen.

Nach der Stunde war ich zu erschöpft, um mich gegen die Hand auf meiner Schulter zu wehren. Es sei eigentlich ein guter Anfang gewesen, meinte der Mentor, nun könne ich einmal sehen, wie schwer das wäre, was bei ihm immer so leicht aussähe.

Es vergingen Wochen voller Arbeit, in denen ich meinen Seminarleitern nicht genügte, in denen ich keine Verabredungen mehr traf, keine Zeitung mehr las, niemanden anrief, außer um über meine Stundenvorbereitungen zu reden. Ich verschwand aus dem Blickfeld meiner Freunde und hoffte vergeblich, daß sich jemand an mich erinnerte, abends, wenn ich eine tiefgefrorene Pizza auftaute.

Dann kamen die Osterferien. Nun wäre es an der Zeit gewesen, die andere Seite des Arbeitslebens zu genießen, die Zeit der Belohnungen, wie es die fertigen Kollegen auf Schlössern an der Loire oder an Stränden des Tyrrhenischen Meeres konnten. Aber ich hatte nicht mal Geld für ein Ticket nach Palma, und ich war auch viel zu erschöpft zum Verreisen. Ich lag untätig im Bett, ließ bis zum Nachmittag die Jalousien geschlossen und ging nicht ans Telefon. Vor mir türmten sich ungeplante Unterrichtsreihen und ungeschriebene didaktische Begründungen. Ich war es nicht mehr gewohnt, daß man mir Hausaufgaben erteilte. Man dürfe nicht kapitulieren, hatten die Seminarsprecher noch vor kurzem in einer Diskussion gefordert, die ganzen Schikanen dienten nur dazu, uns abzuschrecken, gerade jetzt aber sollten wir unseren Anspruch auf einen Beruf geltend machen. Das alles überzeugte mich nicht mehr. Auch daß ich andere entmutigen würde, war mir gleich.

Ein Referendariat mit zerrütteten Nerven, das hätte ich noch ertragen. Aber warum sollte ich mich auch noch so quälen ohne

Aussicht auf jede Belohnung? Und am meisten bedrückten mich jene Kollegen, die am liebsten mit dem Finger schnipsten, wenn sie sich meldeten. Die nicht daran glauben wollten, daß auch eine Eins als Endnote ihre Chancen nicht verbessern konnte. Die offenbar alle hofften, nächstes Jahr würden doch noch zwei Stellen vergeben, und eine davon bekämen sie. Warum konnten wir uns nicht alle zusammen eine ruhige Zeit machen aus diesen aussichtslosen zwei Jahren? Warum tanzten wir den Seminarleitern nicht auf der Nase herum, wo sie doch keine Gratifikationen mehr zu vergeben hatten?
Sie hatten es geschafft, sie alle, sie hatten mich endlich weichgeklopft. Am ersten Schultag nach den Ferien teilte ich der Behörde meinen Entschluß mit, aus dem Beamtenleben nach nur achtmonatiger Zugehörigkeit zu demissionieren. Sie war darüber keinesfalls böse, denn ich tat ihr einen Gefallen. Ich hatte das Handtuch geworfen und meine zwanzigjährige Ausbildung kurz vor dem Ziel abgebrochen. Einige Tage später wurde ich schriftlich aufgefordert, das Aprilgehalt zurückzuzahlen, das die Besoldungskasse bereits überwiesen hatte. Damit war der große Staatsvertrag abgelaufen, der zu einer Zeit geschlossen worden war, als es noch aussah, als ob ich gebraucht werden würde. Nun standen nur noch meine Bafög-Rückzahlungen aus.

Nuklearose

Mein ganzes Leben war bisher Schulzeit gewesen. Kaum hatte ich sie beendet, begann ich, über meinen Tod nachzudenken, und fragte mich, wie weit es noch wäre bis zum nächsten Krieg. Solche Fragen lagen damals in der Luft. Es gab plötzlich sehr viele Menschen, die an das Weltende dachten. Waffen, die schon immer gefährlich gewesen waren, schienen auf einmal noch gefährlicher, und Forderungen, die schon immer richtig gewesen waren, wurden noch richtiger, wenngleich mit eigenartiger Zeitverschiebung. Denn als die neuen Raketen beschlossen worden waren, hatten sich viele noch nichts dabei gedacht, und bis die Weitsichtigen es den anderen erklärt hatten, waren zwei Jahre ins Land gegangen. Aber dann wurde den meisten mulmig zumute, und eines Tages schrieben die Zeitungen Friedensbewegung nicht mehr in Gänsefüßchen.

Erst seit ich mich nicht mehr in der Uni aufhielt, spürte ich, was sich verändert hatte. Seit ich denken konnte, war noch nie so viel über den Krieg gesprochen worden, jetzt aber kursierten Erinnerungen und Vergleiche. Wie war es bei der Kubakrise gewesen? Oder damals, im August 1914? Eine Tante begann, viele Konserven einzukaufen, und Onkel Heiner dachte über einen Atombunker nach, den er unter dem Fischteich anlegen wollte.

Eines Donnerstagabends ging ich schließlich zum Treffen der Friedensgruppe im Gemeindehaus. Da saßen zwanzig Leute, von denen einige mindestens sechzig waren. Ein paar Gesichter kannte ich noch vom Campus, und einige Jüngere waren auch da. Ein Mädchen hatte «Schieß doch, Bulle!» auf die Jacke gesprüht, aber die anderen sahen eher sanft aus und trugen Ge-

sundheitsschuhe. Dann war da noch Thomas aus dem Referendariat, der mich überredet hatte mitzumachen, und einige, die wohl berufstätig waren, denn sie schauten immer auf die Uhr und drängten auf den Beginn der Diskussion. Als es endlich losging, kam das Gespräch zunächst auf den Raum, in dem das Treffen wöchentlich stattfand. Es hatte Ärger gegeben. Eine Gemeindesekretärin, die in der Gruppe mitarbeitete, hatte die Genehmigung beschafft. Jetzt, nachdem der Treffpunkt auf Flugblättern erschienen war, machte das Presbyterium Bedenken geltend, weil ein frommer Hauptmann der Reserve einen Beschwerdebrief geschrieben hatte und die Kirche sich insgesamt noch nicht sicher war, ob sie mit der neuen Kundschaft etwas anfangen könnte. Aber nachher durften wir den Raum behalten.
Dann wurden Pläne gemacht, die mir alle unrealistisch vorkamen. Einige wollten an einer endlos langen Allee in unserem Viertel alle Haushalte aufsuchen und um eine Unterschrift unter den Krefelder Appell bitten. Hätte man erst die Mehrheit der Anwohner zusammen, sollte ein Straßenfest veranstaltet werden, und dann wollte man sich der nächsten Straße zuwenden, bis der ganze Stadtteil befragt sei.
Es erschien mir selbstverständlich, daß die meisten Leute es ablehnen würden, an der Wohnungstür ihre Unterschrift unter eine politische Petition zu setzen, da konnte die Lehrerin neben mir noch so lange erzählen, daß in ihrem Kollegium fast alle schon unterschrieben hätten. Noch unbehaglicher wurde mir, als ich, kaum war die Aktion beschlossen, auch noch zum Mitmachen aufgefordert wurde. Aber als Häuserblocks und Straßenabschnitte verteilt wurden, wollte ich nicht zurückstehen. Ich verabredete mich mit einer lebhaften Frau, die einen übermütigen Straßklunker am linken Ohr trug und nur nach Feierabend Zeit hatte. Ich versprach, zwei Ersatzkulis und eine Schreibunterlage mitzubringen.
Mit gemischten Gefühlen ging ich am nächsten Tag zum verein-

barten Treffpunkt. «Ich habe so etwas noch nie gemacht», gestand ich der Frau, die Jutta hieß. Sie sah viel seriöser aus als am Tag zuvor und war dezent geschminkt, weil sie direkt von ihrer Arbeit in einem Außenhandelsbüro kam. «Laß mich anfangen», sagte sie, «die Leute beißen ja nicht.» So machten wir uns auf den Weg.

Als wären die Berufstätigen alle im Verkehrsstau oder im Supermarkt steckengeblieben, trafen wir zuerst nur den zur Ruhe gesetzten Teil unserer jugendlichen Gesellschaft an. Mißtrauische Witwen beobachteten uns durch Gucklöcher, ließen sich unsere Erklärungen durch verschlossene Türen aufsagen, nahmen unsere Listen unter der Sicherheitskette entgegen, zogen sich damit in das Dunkel einer Wohnung zurück, die nach Wirsing roch. Manche öffneten nach langem Zögern die Tür und hörten uns an, schwer atmend in den Türrahmen gelehnt, oder baten uns schließlich herein. Ich hielt mich im Hintergrund und staunte, wie Jutta es schaffte, den Leuten den Kuli schon in die Hand zu drücken, bevor sie mit ihrem Text fertig war. Dann sagte eine Frau etwa, sie müsse erst ihre Brille holen, und wir warteten und sahen uns in einer Wohnstube um, in der ich mich in die fünfziger Jahre zurückversetzt fühlte, bis die Frau unvermittelt begann: «Mein Mann ist nämlich vorgestern vor zwei Jahren gestorben.» Damit wollte sie sagen, daß sie vorsichtig war, etwas zu unterschreiben. Dann erzählte sie, wie ihr Mann am Morgen seines Todestages noch selbst zum Arzt gegangen war, er mußte immer dienstags zum Arzt, und am Nachmittag hatte er gesagt, die Zigarre schmecke ihm nicht mehr. In der Diele hing noch sein Mantel, sie hatte nichts weggeräumt, es war noch alles wie an jenem Tag. Schließlich fand sie ihre Brille: «Gegen Atomkraftwerke soll das sein? Nein, gegen Raketen? Ja, das ist ja auch schrecklich», sagte sie und unterschrieb. «Wenn ihr nur Erfolg habt», wünschte die nächste, ein Mann drückte uns einen Geldschein in die Hand, ein anderer gab uns ein Schulterklopfen mit auf den Weg. Manchmal mußten wir versichern, auch gegen die Raketen drüben zu sein. Aber am Ende hatten die meisten unterschrieben, in dem unbestimmten Gefühl, uns eine Freude gemacht zu haben, wenn es auch nichts nützen würde.

Dabei gab es damals keinen Minister und kaum einen Bundestagsabgeordneten, der gegen die Raketen gesprochen hätte, aber alle hatten Angst vor dem Krieg, und diese Angst war mittlerweile größer geworden als die Angst, bei Männern mit Ohrringen und Frauen mit hennafarbenen Haaren Unterschriften zu leisten. Und nicht einmal die, die nicht unterschrieben, gehörten samt und sonders zu der standhaften Fraktion, die mit allem einverstanden ist. Sie hatten ihre Gründe, uns zurückzuweisen, und die waren genauso beliebig, wie viele Gründe zum Unterschreiben. Sie waren vielleicht betrunken oder traurig oder konnten nicht lesen, aber trauten sich nicht, es zu sagen. Sie erfanden sinnlose Ausreden wie: «Ich bin nur zu Besuch hier bei meiner Schwester, und die liegt im Bett» oder «Mein Mann kommt gleich zurück, kommen Sie dann noch mal wieder.» Die Berufstätigen waren meist nicht zu Hause, und wenn wir sie antrafen, hatte das Abendprogramm schon begonnen, und sie wollten nicht gestört werden. Mich ärgerten diese Türen, die uns vor der Nase zugeschlagen wurden. «Die haben doch alle genauso eine Stimme bei der Wahl wie wir auch», ereiferte ich mich. «Aber sie werden sich ihr Leben lang einen Dreck darum scheren, was der entwaffnende Erstschlag ist.» Aber Jutta zog mich schon weiter zur nächsten Tür und meinte, vielleicht hätten sie einen schweren Tag gehabt.

Doch die Zeit war mit uns, und die Angst ließ sich am besten in Gemeinschaft ertragen. So wurden wir immer mehr, und wieviel man uns auch warnte, vor der Gewalt, vor den Kommunisten, vor der Einseitigkeit, es half nichts, wir hatten unwiderlegbare Argumente und waren guter Hoffnung. Zu Hunderttausenden kamen wir ein ums andere Mal auf Bonner Wiesen zusammen,

ließen an klaren Herbsttagen die Stimme der Moral ertönen, und die Autoritäten des Geistes ergriffen das Wort gegen etwas, was sie Rüstungswahnsinn nannten, denn auf genauere Benennungen schien sich niemand einlassen zu wollen. Alle beteuerten, daß wir nicht gewaltsam, nicht kommunistisch und nicht einseitig seien, und mit dieser Versicherung wurden wir wieder nach Hause entlassen. Und dort arbeiteten wir weiter, in dem Gefühl, am Anfang großer Veränderungen zu stehen.
In den Rheinauen bald darauf, an einem heißen Sommertag, waren wir noch mehr geworden. Ich war glücklich wie selten und schaute verträumt den vielen schönen Frauen hinterher. Als großer blauer Wasserball rollte die Erdkugel über uns sonnenbadende Demonstranten hinweg, und manche, denen es zu heiß wurde, gingen tatsächlich in den Fluß, an dessen anderem Ufer die Führer der Westwelt über den nächsten Krieg redeten.
Die Lage war ernst, der Sommer ungewöhnlich schön und die Stimmung auf unserer Seite. Am Abend zogen wir zu Tausenden durch den Bonner Bahnhofstunnel, besetzten mit überlegener Fröhlichkeit auch die Züge, für die wir eigentlich gar keine Fahrkarten hatten, und die anderen Reisenden, die aus Frankfurt zurückkamen von einem verlorenen Bundesligaspiel, die nach Bad Salzuflen ins Herzinfarkt-Rehabilitationszentrum fuhren, die nach Travemünde mußten, weil die Tochter ihr Zweites bekam, die aus Izmir heimkehrten mit großen Koffern und verschnürten Kartons oder besoffen von einer Weintour an die Ahr, sie alle wunderten sich über uns und schauten uns nicht in die Augen. Den meisten war dieser raketenreiche Frieden selbst nicht mehr ganz geheuer, auch wenn sie persönlich das Demonstrieren für eine nutzlose Sache hielten, wie die Dame, zu der ich mit vier anderen Demonstranten ins Abteil drängte. Sie machte sich ganz klein auf ihrem Platz am Fenster, räumte das Goldene Blatt und eine zierliche Lesebrille von dem Sitz ihr gegenüber, schaute freundlich aus dem Fenster und stellte ihre Ohren auf Empfang.

Ich hatte einen Sitzplatz zwischen ihr und einem weißhaarigen Antifaschisten gefunden, der ein selbstgemachtes Transparent mit sich führte, das nun wie ein Schlagbaum quer durch das Intercity-Abteil ragte. Ein langhaariges Lehrerpärchen mir gegenüber verteilte Apfelsinenstückchen und anschließend Flugblätter mit der Bitte um Unterschrift unter einen Befreiungsaufruf für arrestierte Friedensfreunde im anderen Teil Deutschlands. Die Punkerin neben ihnen lehnte die Resolution rundweg ab und sagte, das ganze Unterschreiben und Demonstrieren würde ohnehin nichts bringen, sie sei sowieso für andere Einsätze ausgebildet und eigentlich nur mitgefahren, um ihrem Vater eine Freude zu machen. Daraufhin ereiferte sich der Lehrer über dieses sektiererische Gerede, das er nicht mehr hören könne, hätte doch die Geschichte immer wieder gezeigt, daß es darauf ankäme, sich von den Herrschenden nicht auseinanderdividieren zu lassen. Aber die Punkerin wendete sich gelangweilt ab und winkte einen jungen Mann herbei, der türkische Pizzas verkaufte. Ich stritt mich mit einer Frau, die mir ein Flugblatt andrehen wollte, auf dem stand, daß wir Friedensfreunde eigentlich alle bescheuert wären. Und draußen auf dem Gang begann ein sanfter Junge mit einem Stirnband auf seiner Gitarre «Sag mir, wo die Blumen sind» zu spielen, woraufhin die Punkerin einen Walkman aus ihrer Lederjacke zog, die sie trotz drückender Hitze anbehielt, und sich so laut die Clash einspielte, daß der alte Mann neben mir mich besorgt fragte, ob man davon nicht bleibende Schäden bekommen könnte.

Am nächsten Tag war ich krank und blieb im Bett. Ich hatte mir in der Eisenbahn einen Zug geholt und war es selbst schuld. Am übernächsten Tag war ich immer noch krank und mußte einen attraktiven Job absagen, mit dem ich das Minus auf meinem Girokonto hätte ausgleichen können. Für mich allein war die Wohnung viel zu groß und auch viel zu teuer, und ich wußte nichts mit Martinas leerem Zimmer anzufangen. Ich hielt es verschlossen wie eine Totenkammer. Nun hatte ich Fieber und zu nichts Lust, nicht einmal zum Lesen. Ich starrte die Zimmerdecke an und wartete darauf, endlich wieder gesund zu werden. Ich dachte an Jutta, mit der ich mich ein paarmal unterhalten hatte, zuletzt in ihrem Auto vor meiner Haustür bis morgens um zwei. Ein Grund mehr, gesund zu werden, denn Donnerstag würde ich sie wiedersehen.

Ich lief jetzt schon seit einem Jahr mit einem Button mit Friedenstaube herum, ich hatte sogar mehrere davon, für jede Jacke einen. Nun hatte ich plötzlich Angst vor dem Krieg. Gerade jetzt, nach dieser wunderschönen Friedenswiese in Bonn, dachte ich zum erstenmal an meinen ganz persönlichen Krieg, dessen Anfang ich noch miterleben könnte, an den Krieg nicht irgendwo in den Nachrichten, sondern hier bei mir. Und als ich diesen Gedanken zu Ende gedacht hatte, verspürte ich ein drükkendes Gefühl im Magen, wie damals am Stuttgarter Dreieck, als hinter einer engen Autobahnkurve plötzlich ein quergestellter Lkw auftauchte, auf den ich zuraste und dessen Aufschrift ich immer deutlicher lesen konnte, obwohl sie mir gar nichts nützte: «PLUS – Prima Leben Und Sparen».

Bei aller Angst vor den Raketen hatte ich doch nie wirklich daran gedacht, daß ich in einer Vorkriegszeit lebte. Für mich war der Krieg immer exotisch gewesen, weit weg wie Erdbeben und Vulkanausbrüche, undenkbar in unseren Breiten, überwunden wie die Pocken und das Kindbettfieber, ein Relikt ferner Hemisphären, primitiv wie Voodoo und Kannibalismus.

Mit sechzehn hatte ich mir ein kleines Bild an die Wand gehängt, um den Krieg nicht zu vergessen. Es war ein grobgerastertes Zeitungsfoto von einem Mann, der mit den Füßen an einen Panzer gebunden war, der nach hinten aus dem Bild fuhr. Mit diesem Bild begann meine Amerikafeindlichkeit, gegen die sich immer wieder die ausgewogenen Linken wandten, die mir mit Charlie Parker, Angela Davis und Pete Seeger kamen. Aber ich war nicht besonders empfänglich für Feinheiten, denn das Foto erinnerte mich an alle, für die es bereits zu spät war. Doch so wütend es mich auch machte, es hielt den Krieg auch von mir fern. Er blieb ein Schrecken im Urwald.

Wenn ich überhaupt an einen frühen Tod vor der Rente dachte, dann waren es spektakuläre Ereignisse, die ihn herbeiführten. Als Kind hatte ich Angst, entführt und schließlich ermordet zu werden, weil meine armen Eltern nicht genug Geld hatten, um mich freizukaufen. Später träumte ich mir einen heroischen Tod, bei dem ich in einem südamerikanischen Land eines Morgens von der Polizei abgeholt wurde, die mich noch im Bademantel mitnahm. Der duftete nach Maria, die ich erst am Abend zuvor kennengelernt hatte, doch nicht mehr wiedersehen würde, denn noch vor Sonnenuntergang würde ich füsiliert, ohne zu erfahren, warum. In der Todeszelle schlug ich standhaft die letzte Zigarette aus, die mir ein Wachsoldat mit weichem Gesicht anbot.

Aber eigentlich ging ich davon aus, im hohen Alter friedlich im Bett zu sterben, mit einem frechen Grinsen. Und meine Hinterbliebenen erzählten sich, am letzten Abend hätte ich noch laut gelacht und ein unanständiges Lied gesungen, so daß die Nachbarn gegen die Wand geklopft hätten.

Nun hatte ich mich kundig gemacht und das Undenkbare erfahren und all die neuen unanständigen Wörter gelernt, wie Penetrating, Deep Strike und horizontale Eskalation. Ich hatte mich eingelassen auf das Studium von Hintergründen und Marktanteilen, ich wußte Bescheid über Dominotheorie und Destabilisierung.

Das wußte ich nun alles, und doch hatte es mich noch nie so geängstigt wie jetzt, wo ich mich fragte, ob das schreckliche Wissen, das ich mit mir herumtrug, mein Leben geändert hatte. Hatte ich irgendwelche Konsequenzen gezogen, die darüber hinausgingen, dem Frieden etwas Zeit zu opfern? Glaubte ich wirklich an die Gefahr, die ich so eindringlich beschwor? Ich hatte

doch in Wahrheit nie aufgehört, mich so zu träumen, wie ich mit siebzig sein wollte, und sah mich mit einem silbergrauen Schnäuzer und einer halben Lesebrille mit Goldrand. Und immer noch ängstigte mich mehr der Gedanke, ich könnte durch eine unheilbare Krankheit ums Leben kommen, als die Vorstellung, dem Kampf um die Weltherrschaft zum Opfer zu fallen.
Ich hatte Prognosen gehört, nach denen ein Atomkrieg in absehbarer Zeit wahrscheinlicher sei als seine Verhinderung. Das hatte mich einen Moment lang erschreckt, aber wenn mein Hausarzt mir eröffnet hätte: «Sie haben Krebs, Herr Grewe, es sieht schlecht aus, aber Sie haben eine Chance, es steht fünfzig zu fünfzig», dann wäre ich verzweifelter gewesen. Ein halber Tod für mich allein, an dem es nichts zu rütteln gäbe, das wäre furchtbar. Aber ein halbwahrscheinlicher Weltuntergang für alle? Warum, fragte ich mich, war ich so penetrant zuversichtlich und entwickelte weitreichende Pläne, die meine pessimistischen Beteuerungen unglaubwürdig machten?
Als ich nach drei Tagen zum erstenmal das Haus wieder verließ, hatte ich das Gefühl, lange aus der Welt gewesen zu sein. Jutta hatte mich angerufen und zum Italiener eingeladen. Jetzt hätte ich mich eigentlich freuen sollen, aber ich stocherte in meinen Tortellini alla Panna herum, als könnte ich die Zukunft darin lesen, und ich wußte nicht einmal, ob ich wegen des Atomtods so nervös war oder wegen Jutta.
Sie sah alles viel optimistischer. Wer hätte das gedacht, gab sie zu bedenken, wieviel in den letzten Jahren in Bewegung gekommen war. Ich dürfe mir einfach nicht einreden, das alles bliebe wirkungslos, denn damit nähme ich mir selbst den Mut. Aber diese Logik hatte ich noch nie verstanden. Ich war schon immer der Meinung gewesen, es müsse sich doch irgendwie feststellen lassen, ob eine Sache erfolgreich ist oder nicht, und wieso sollte ich mir diese Frage nicht stellen dürfen, bloß weil mich die Antwort hätte entmutigen können? Es konnte doch kein Nachteil sein,

sich über die eigenen Aussichten klarzuwerden. Hätten sich denn meine Überzeugungen geändert, wenn ich gewußt hätte, daß sie sich nicht durchsetzen würden?

«Hast du denn niemals Angst?» fragte ich Jutta.

«Was heißt Angst?» fragte sie zurück. «Ich tue ja etwas dagegen.»

So hatte ich die Friedensbewegung noch nie gesehen. Tatsächlich, alle Leute taten auf einmal etwas gegen die Angst. Sie sangen für den Frieden oder beteten für ihn, sie malten, dichteten oder schwiegen für den Frieden, sie backten oder packten, sie bastelten und raspelten für den Frieden, sie trugen Halstücher und Kerzen für den Frieden. Und neben den vielen, die sich mit der Direktive 59 und dem entwaffnenden Erstschlag, der Flexible Response und dem Leitliniendokument des Pentagon auseinandersetzten, gab es noch viel mehr, die den populären Versionen folgten, die in der mit Logik betriebenen Rüstung nur Unvernunft erkennen wollten und eine Apokalypse heraufbeschworen, die durch einen Computerfehler ausgelöst würde oder durch einen ausgeflippten General.

Die Zeit war voller Mystifikationen des Unglücks. Tatsächlich gab es Menschen, die ihr Leben radikal änderten, die um die Welt radelten, in den Hungerstreik traten oder sich einer neuen Religion anvertrauten; die monatelang vor Raketenbasen kampierten, ihre Arbeit aufgaben oder in die Südsee auswanderten. Wer konnte bestreiten, daß wir in einer Endzeit lebten?

Je mehr wir wurden, desto besser lernten wir, mit unserer Angst umzugehen, und wir waren stolz darauf. Wir hielten uns für die vernünftigeren Menschen, die ihre Gefühle nicht mehr unterdrücken wollten und öffentlich machten, was andere hinter beruhigenden Floskeln verbargen. Wir erlebten die Revolte gegen den Tod als große Gemeinschaft, wir sangen Lieder im Stadion und hielten Wunderkerzen in den Abendhimmel, nicht weil wir glaubten, sie könnten die Bedrohung bannen, sondern um uns zu

Wer fest daran glaubt …

… daß wir in einer Endzeit leben, wer den Weltuntergang für unausweichlich hält, der wird wohl kaum etwas vom Sparen halten.
Wer jedoch glaubt, daß es sich lohnt zu sparen, für die Zukunft zu sorgen, für den liegt ein Weltuntergang in weiter Ferne.

Pfandbrief und Kommunalobligation

Meistgekaufte deutsche Wertpapiere - hoher Zinsertrag - bei allen Banken und Sparkassen

Verbriefte Sicherheit

ermutigen. Das ging so lange gut, wie es noch den Rest einer Möglichkeit gab, die Eskalation der Ereignisse könnte den Lauf der Dinge ändern, solange die Aufweichung der gesellschaftlichen Institutionen noch um sich griff, solange noch Militärs und Beamte, Regierungen und Redaktionen abdanken mußten, weil man ihrer Raketentreue nicht mehr trauen konnte. Doch während wir uns noch darüber freuten, wer alles endlich zur Friedensbewegung gefunden hatte, und wir uns gegenseitig versicherten, daß wir nicht nachlassen wollten in unseren Bemühungen, kamen die Raketen an. Die große Ernüchterung ließ nicht lange auf sich warten, weil es bitter ist zu erleben, wie wenig die eigenen Kräfte ausrichten können. Ich versank in monatelangen Depressionen, fraß unendlich viele Artikel über Rüstungsprobleme in mich hinein, um mich in meinen schlimmen Vermutungen bestätigen zu lassen, und verdarb donnerstags mit meinen düsteren Prognosen die Stimmung. Denn es ist viel schrecklicher, einer industriellen Tötungsmaßnahme zum Opfer zu fallen, als von einem Ausgeflippten beim Bierholen erschossen zu werden, der zu seiner Entlastung anführen wird, er habe als Kind seinen Eltern immer beim Koitus zusehen müssen. Wer stirbt denn nicht gerne durch die Hand des Schicksals?
Dann aber tauchte ich wieder für Tage aus der Verzweiflung auf, schob mein schreckliches Wissen beiseite, lud Jutta zu einem Cappuccino im teuersten Straßencafé ein oder prügelte mich am Baggerloch mit zehn anderen Männern und zwei Schäferhunden um einen Ball. Dann hoffte ich, daß ich mich vielleicht irren würde, wo doch alle anderen weiterlebten wie bisher. War denn der Weltuntergang nicht schon oft angekündigt worden? Gab es nicht zu allen Zeiten Sekten und Sonderlinge, die den Jüngsten Tag heraufziehen sahen? Vielleicht starb ich nur einer fixen Idee entgegen, die ich überleben würde. So wie andere dachten, die Präsidenten seien verrückt und die Generäle, dachte ich jetzt, daß ich der Wahnsinnige sei, weil ich den Krieg heraufziehen

sah, während die Sonne schien und die Leute im Park lagen. Abends saß ich mit Freunden auf dem Balkon, und wenn wir einmal nicht über Beziehungen redeten, dann redeten wir vom Krieg, während aus den umliegenden Gärten Lachen und Stimmengewirr zu uns heraufdrang. Vielleicht gibt es sie wirklich, die Nuklearose, und ich war von dieser Krankheit befallen.
Ich hörte nicht auf, Flugblätter zu verteilen. Aber die Leute, für die sie bestimmt waren, hörten langsam wieder auf, freundlich zu mir zu sein. Sie hatten sich verunsichern lassen, und das hatte Kraft gekostet. Nun hatte der Bundestag entschieden, anders, als sie es sich gewünscht hatten, aber es war wenigstens eine Entscheidung gefallen. Nun ließe sich nichts mehr machen, sagten erleichtert diejenigen, denen ich vorher immer mit irgendwelchen Aufforderungen, aktiv zu werden, in den Ohren gelegen hatte. Die schweigende Mehrheit, die zumindest nichts dagegen gehabt hatte, daß wir uns gegen die Raketen zur Wehr setzten, bat uns Friedensfreunde nun, mit dem Warnen bitte wieder aufzuhören. Die Menschen, die niemals Zweifel haben, wurden wieder laut wie eh und je. Und die neue Regierung versteckte sich, anders als die alte, auch nicht mehr hinter dem Diktat der Sachzwänge, sondern war bereit, jede Raketenlücke mit ideologischer Inbrunst zu schließen.
Manche Altersgenossen waren weit weniger begriffsstutzig als ich und erkannten schnell die Zeichen der Zeit. Der Machtwechsel gab nicht nur so vergessenen Subkulturen wie Katholiken und Vertriebenenverbänden Auftrieb, sondern sorgte auch in der so lange fröhlich ungeordneten Jugendkultur für klare Verhältnisse. Im Zuge der Krisenbewältigung ließen sich die realistischen Jugendlichen den Nacken ausrasieren und erfanden die produktive Ignoranz, um mit den vertieften Widersprüchen weiterleben zu können. Das Nette setzte sich wieder durch, zunächst als ironisches Zitat einer glücklicheren Zeit, die schon lange vorbei und auch nicht glücklich gewesen war. Bald gefielen

die Zitate aber auch ohne Ironie, und wer nun zum Einstellungsgespräch geladen wurde, brauchte sich nicht mehr extra umzuziehen, denn die Personalchefs waren mit der Ästhetik der neuen Welle ganz und gar einverstanden. Ich begriff diese Wende wieder einmal erst viel später und amüsierte mich noch eine Zeitlang über den tolpatschigen Kanzler, der sich bei seinen Verbeugungen in Washington beinahe den Kopf am Rasen des Weißen Hauses stieß.

Mit halblangen Haaren als Ausdruck meiner altmodischen Gesinnung kam ich zwar in manche Diskothek nicht mehr rein, doch in der Fußgängerzone durfte ich weiter stehen, hinter einem Tapeziertisch voller Broschüren. Da kamen sie vorbei, all die anderen, die so taten, als sei nichts geschehen. Die sich weiter über Harald Juhnkes Entziehungskur unterhielten und über die Krise des deutschen Fußballs. An langen Samstagen zogen sie an mir vorüber, die Westdeutschen.

Sie trugen pralle Plastiktüten und kleine Hunde mit bunten Schleifen im Fell. Sie hatten unseren Infostand längst entdeckt, bevor sie sich entschieden, nicht hinzuschauen. Sie vermieden jeden Blickkontakt und manövrierten sich behende zwischen drei Flugblattverteilern hindurch. Wenn ich Glück hatte, drohte mir vielleicht ein Mann im Lodenmantel mit dem Spazierstock und informierte mich: «Ich kenne den Russen!» Und er sagte auch gleich woher. Am Krieg teilgenommen zu haben, war immer noch nichts, dessen man sich in einer westdeutschen Fußgängerzone hätte schämen müssen. Eine Familie eilte vorbei, die gerade Skier gekauft hatte. Vater hatte die längsten, sie hießen White King. Eine Männergruppe trug Aktenkoffer vorbei. An den Anzugrevers flatterten Namenskärtchen mit dem Aufdruck «Online». Ein älterer Herr mit Freizeitjacke in sportlicher Optik tippte mir mit seinem schwarzen Lederhandschuh immer wieder auf die Brust und sagte: «Wir haben immer noch keinen Friedensvertrag! Was wollen Sie denn gegen die Raketen machen?»

Das Gespräch wurde von einem Trupp Fußballfreunde übertönt, die ankündigten, daß sie den Bayern die Lederhosen ausziehen wollten. Ein Mann mit Kniebundhose eröffnete mir, wenn es nach ihm ginge, würden solche wie ich einer Verwendung im Steinbruch zugeführt, wo mir das Kritisieren schon verginge. Aber der Lederhandschuhmann ließ sich das Wort nicht entreißen. Er vertrat die Ansicht, der russische Bär schlafe nie. Eine Blaskapelle marschierte vorbei und intonierte das Kufsteinlied, denn es war gerade österreichische Woche. Eine Mutter lächelte mir aufmunternd zu. Sie dachte vielleicht an ihren Sohn in Marburg, der auch immer auf Demonstrationen ging. Ein Kind war ich allemal, wenn ich mich auf die Straße stellte, um gesehen zu werden, fremde Leute ansprach und offenbar nicht einmal Nachteile zu befürchten hatte.
Das Prinzip der Unauffälligkeit regelte die Verbreitung meiner Flugblätter. Nahm jemand ein Blatt, faßten die Nachfolgenden auch Mut, eins zu nehmen, bis einer sich verweigerte. Der brauchte eine Erklärung vor sich und der Öffentlichkeit, warum er sich anders verhielt als die anderen, und rief deshalb vielleicht «Afghanistan» oder den Namen eines anderen Landes, um das er sich sein Lebtag noch nicht gekümmert hatte. Aber seine Revolte gegen mich hatte Erfolg. Die nächsten preßten die Hände ängstlich an den Körper. Sie wiesen mich wortlos zurück, und es dauerte eine Zeitlang, bis wieder ein selbstbewußterer Mensch die Kette der Gewohnheit zu durchbrechen wagte.
Der Lederhandschuh und die Kniebundhose hatten inzwischen festgestellt, daß sie im selben Truppenteil gewesen waren. Sie warfen sich russische Ortsnamen zu, frischten ihre Erinnerung von Einsätzen in der Ukraine auf, schlachteten noch einmal ein Packpferd auf der zugefrorenen Weichsel und gedachten der Schrecken der Vertreibung.
Ich ging ihnen aus dem Weg und taxierte die Vorbeieilenden. Die ich für ansprechbar hielt, begrüßte ich freundlich, aber der Satz,

den ich ihnen mit auf den Weg geben wollte, war zu lang. Die Männer lenkten ihre Frauen mit leichtem Schulterdruck an mir vorbei: «Das kennen wir doch schon, Schatz», und meine letzten Worte verhallten im leeren. Nur manchmal war ich hartnäckig genug, hinter ihnen herzulaufen und trotzig meinen Satz zu Ende zu bringen. Wenigstens einmal wollte ich ausgeredet haben.

Was sollte ich ihnen noch hinterherrufen, daß sie genauso bedroht sind wie ich auch? Was wußten sie von kurzen Vorwarnzeiten oder integrierten Schlachtfeldern, warum sollten sie sich auskennen mit intelligenter Munition und dem elektromagnetischen Impuls? Sie hatten mir schon zugehört, voriges Jahr, und sie konnten sich nicht andauernd mit meinen Sorgen beschäftigen. Sie zuckten nicht einmal mit den Schultern. Sie behaupteten nicht einmal, man könne sowieso nichts machen. Die Atomraketen waren wieder so weit weggerückt, daß es genügte, wenn sich der Außenminister darum kümmerte oder der Kanzler. Die haben doch schließlich auch Familie.

Mich nahmen sie nicht ernst. «Geh erst mal arbeiten», sagte manch einer, und das war nicht einmal böse gemeint. Sie beantworteten bloß, warum sie meine Angst nicht hatten. Sie hatten vielleicht Magengeschwüre, vielleicht tranken sie maßlos, rauchten am Tag achtzig Zigaretten, schlugen ihre Frauen, bekamen am Sonntag Schweißausbrüche, wenn sie an Montag dachten. Nur meine Angst hatten sie nicht. Ich dagegen hatte keine feste Beschäftigung und war deshalb unglaubwürdig. Wenn Kinder und Betrunkene die Wahrheit sagen, darf man schon mal weghören, und ich, ich lag irgendwo dazwischen mit meiner lästigen Schwarzmalerei.

Jutta sah das immer ganz anders, und wenn ich sagte: «Die Leute haben sich alle schon entschieden, jetzt wollen sie nichts Neues mehr hören», dann entgegnete sie: «Wieso denn, wir haben doch viel mehr Flugblätter verteilt als früher.» Wenn ich sagte: «Niemand will mehr ein Flugblatt annehmen», sagte sie: «Dafür haben wir aber viel mehr Gespräche geführt.» Wenn ich sagte: «Es will keiner mehr etwas unterschreiben», sagte sie: «Die meisten Leute haben eben letztes Jahr schon unterschrieben.» Es war zwecklos, gegen ihren Optimismus ankommen zu wollen.

Statt dessen half ich mir gegen meine Verzweiflung mit trotzigem Haß. Ich ließ alle Erklärungen und Entschuldigungen für die Einfalt der Leute beiseite und gestand mir ein, daß ich die Menschen, die vielleicht meinen Kriegstod mitverschulden, einfach nicht mehr liebte. Ich liebte sie so wenig, daß ich nicht ein einziges Flugblatt an sie verschenken wollte, um das sie nicht gebeten hatten und das sie dann vielleicht vor meinen Augen zerrissen oder dazu benutzten, sich den Senf von der Jacke zu wischen, der ihnen von der Thüringer Rostbratwurst getropft war.

Ich fragte mich, was ich mit diesem Land zu tun hatte und mit seinen Leuten. Hatte ich schon jemals Heimweh nach der Bundesrepublik gehabt? Hatte ich irgend etwas vermißt außer meinen Freunden, wenn ich in Marrakesch oder Leningrad, in Paris oder Bologna war? Brauchte ich den deutschen Wald, die kostenlosen Autobahnen, das kräftige Brot und die unendlich vielen Sorten Wurst? Warum blieb ich nicht einfach da, wo ich war, wenn die Ferien um waren? Warum heuerte ich nicht auf einem Schiff an und ließ mich an das Ufer eines grünen Meeres bringen, wo ich zufrieden leben könnte? Warum machte ich nicht Urlaub bis zum Holocaust?

Mußte ich denn, wo mich doch ohnehin keiner ernst nahm, meine besten Jahre wie einer von der Wachtturmgesellschaft vor der Stadtsparkasse verbringen? Sollte ich immer der Klugscheißer bleiben, der vorlaute Pennäler, der früher die Familie sonntags vom Tisch trieb mit seinen altklugen Predigten? War das mein ganzes Erwachsensein, arbeitslos und wirkungslos? Mußte ich anderen Leuten den Einkaufssamstag verderben? Mußte ich

ihre Kinder erschrecken mit meinen Fotos weggeschmolzener Japaner? Konnte ich ihnen nicht den Spaß am Wochenende lassen, für das sie sich krummgelegt hatten?
Ich wollte doch auch manchmal in Ruhe gelassen werden und nicht ständig über Unterarmnässe oder kalorienarme Limonade Auskunft geben müssen oder für irgendwelche undurchsichtigen Missionswerke spenden, damit eine Nonne in Togo endlich ein neues Mofa bekommt, wollte mich nicht von sanften Antialkoholikern zur Teestube einladen lassen, wo sie mich dann über den neuen Messias aufklären würden. Und auch die vielen Haftentlassenen, arbeitslosen DDR-Flüchtlinge und Kriegsversehrten, die mir mit ihrer Lebensgeschichte auf einem Pappkarton ein schlechtes Gewissen machten, wollte ich nicht immer wahrhaben, wenn ich an einem strahlenden Sommerschlußverkaufsmontag loszog, um mein ungeregeltes Einkommen unter die Leute zu bringen. Ich konnte sie verstehen, die um mich einen Bogen machten wie um einen Penner, bei dem man befürchten muß, daß man plötzlich einen schmutzigen Arm um die Schulter gelegt bekommt, mit der immer gleichen Bitte: «Bist 'n Kumpel? Haste mal 'ne Mark für mich?»
Ich konnte sie manchmal verstehen, denn ihre Arbeit beginnt morgens um sieben, ob der Atomkrieg nun kommt oder nicht. Ich hatte währenddessen meistens frei, war ausgemustert bis zum Jüngsten Tag, von der Gesellschaft krankgeschrieben wegen pathologischem Pessimismus, eine Panikpersönlichkeit, die alle Friedenszeiten zum Spannungsfall erklärte und die Gutwilligen von der Arbeit abhalten wollte. Die zufriedenen Menschen mit den Magengeschwüren mußten sich vor mir schützen, indem sie durch mich hindurchguckten, zu erschöpft selbst, um auf mich böse zu sein. Ich überforderte sie. Daß es abwärtsging, wußten sie selbst, dafür brauchten sie mich nicht. Wenn der Krieg ausbleibt, drohen andere Katastrophen. Aller Schutz, den man ihnen angeboten hat, alle Eigentumswohnungen und ver-

mögenswirksamen Leistungen werden sie nicht schützen. Alle Tröstungen, alle Digitalaufnahmen und Abenteuerurlaube, mit denen sie ihren Alltag aushalten sollen, trösten nicht mehr. Was wollte ich ihnen noch vom Krieg erzählen? Ich hatte ihnen kein Angebot zu machen. Ich konnte ihnen nicht versprechen, daß sie den Krieg verhindern, wenn sie seine Gefahr erkennen. Ich konnte nur Unsicherheit verbreiten, und davon gab es schon genug.

Da stand ich nun in meiner wetterfesten Kleidung und bot eine Kultur an, mit der sich niemand mehr sehen lassen wollte, weil sie unmodern geworden war. Die Leute wollten nun ihre Angst wieder ganz für sich alleine verdrängen. Sie machten sich nicht mehr die Mühe, mich mit freundlichen Gesten zu vertrösten, zwei mühsam hochgereckten Plastiktüten etwa, die mir sagen sollten, sie nähmen gerne ein Flugblatt, aber sie hätten gerade die Hände nicht frei. Mein Geschäft lief nicht mehr, so wie die Geschenkboutique hinter mir, deren Besitzer mit einem gepflegten Anzug und großen traurigen Augen zwischen Marionetten aller Größen nach Kunden Ausschau hielt. Aber manchmal kam Jutta vorbei und hielt mir von hinten die Augen zu. Dann waren sie mir einen Moment lang alle egal, der Putzmittelpresenter vor Woolworth, die Breakdancer, die fliegenden Händler, der Althippie mit Hund, der «Mr. Tambourine Man» spielte, die Penner und die Passanten.

Die Tüchtigen

Manchmal wünschte ich mir ein übersichtliches Leben. Manchmal träumte ich, einen Platz gefunden zu haben, wo die Ansprüche mit dem Gehalt stiegen, wo die Drinks schnell serviert sind und die Frau auch sonst wüßte, was ich gerne mag. Eine harte Arbeit würde den Tag bestimmen und die Woche, den Rhythmus des Jahres. Doch wenn ich Feierabend hätte, wäre er verdient. Ich wüßte, was ich getan hätte, und die Kollegen wüßten es auch. Andere in meinem Alter hatten längst einen Schreibtisch gefunden, von dem aus verwalteten sie Konten und Kredite, vereinbarten Importe oder entwarfen Marktanalysen. Sie verkauften mir Selbstbauregale, nannten die Flugpreise nach Athen oder den Freibetrag fürs Wohngeld. Sie sagten «Momentchen, bitte!» und tippten meine Kontonummer in ihren Computer, ehe sie meinen Saldo von 19 Mark 24 durch die Schalterhalle brüllten. Sie bekämpften ihre Schuppenflechte aus beruflichen Gründen, trugen Anzüge und Markenbrillen und hießen Schönhuber und Herr Rogalla. Sie begrüßten sich untereinander mit Handschlag und waren gewandt in einfacher Kommunikation: «Mal sehen, was es heute gibt», eröffneten sie ein Gespräch auf dem Weg zur Kantine und sagten «Mahlzeit!» in viele Richtungen. Sie hatten ein zwanzigbändiges Lexikon und keine Angst vor Atomkraftwerken. Sie waren diplomatisch und sagten bei Konflikten: «Man muß auch die andere Seite sehen.» Sie kannten den Golf von Neapel, und ihre Kameras hatten mehrere Objektive. Sie trugen im Sommer atmungsaktive Polohemden und zur Weihnachtszeit gestreßte Mienen.
Das könnte ich doch auch alles haben, dachte ich mir dann, eine

Frau mit modischer Kurzhaarfrisur, ein elegantes Wohnstudio hoch über der City, ein aktives Hobby, einen Mittelklassewagen, günstig im Verbrauch und groß genug für den Urlaub, und dreieinhalbtausend gingen jeden Monat automatisch aufs Konto. Die Nachbarn würden mich endlich nicht mehr verachten. Tagsüber wäre ich nicht besonders glücklich zwischen meinen Telefonen. Aber meine Aufopferung wäre begrenzt, denn ich wüßte, wo sie belohnt wird. Ich gäbe meinen Fleiß nicht für den Unterhalt einer Familie, die meine Opfer nicht zu würdigen weiß. Ich wäre nicht zufrieden mit dem Trost, daß meine Entbehrungen der Pflichterfüllung dienten vor Gott und der Allgemeinheit. Wenn ich hart arbeitete, wenn ich meine wertvolle Lebenszeit hingeben dürfte für die Steigerung des Steueraufkommens und meiner privaten Liquidität, dann würde ich mir die Belohnungen sofort verschaffen. Sie bestünden in einer kaufkräftigen Freizeit. Mein Gehalt gehörte mir allein. Ich hielte mich aus Pflichten und Dressuren wie aus der Politik heraus, schaute mir im Fernsehen die Spielfilme und die Länderspiele an und wäre auch sonst nur für mein eigenes Programm zuständig. Mit meiner Frau würde ich einen Aktivurlaub machen. Ich hätte eine äußerst aktuelle Garderobe und eine gepflegte Bräune. Ich plauderte über Manndeckung und Vierradantrieb, aber ich könnte auch zu Fellini etwas sagen. Ich wäre solvent, könnte die Wohnung nehmen, die ich haben wollte, und brauchte keine Angst davor zu haben, daß jemand Bankauskünfte über mich einholt. Ich trüge teures Sportswear als Erkennungszeichen meines Lebensstils. Sogar im Büro würde ich vielleicht freizeitaktive Mode bevorzugen, die gediegene Eleganz der neuen Beweglichkeit. Ich würde den bügelfreien Anzug gegen die Symbole des konsumtionsfähigen Weekends eintauschen, und meine Kollegen hätten Anknüpfungspunkte für ein Gespräch: «Heute abend kommt eine Sendung übers Tauchen im Fernsehen, das wird Sie doch bestimmt interessieren, Herr Grewe!»

Und wenn ich mit den Jahren nicht mehr jugendlich sein könnte, würde ich seriös und fände Geschmack an Dingen, die mir jetzt noch allzu gediegen vorkommen. Ich hielte meine Hausbar komplett, und meine Frau könnte mit ihrer Eleganz die geschmackliche Sicherheit nach außen tragen, mit der wir unser Heim ausstatteten. Ich legte mir einen markanten Haarschnitt zu und eine gesetztere Körpersprache. Ich würde Leichtraucher werden und Vogelliebhaber, Reformhauskunde, Fatalist, Jogger und Science-fiction-Freund. Meine zweite Frau und ich, wir wären Hundebesitzer und überlegten, ob wir ein Robbenbaby adoptieren sollten oder einen kleinen Vietnamesen. Ich bliebe aufgeschlossen für Neuerungen, wäre mit Gütertrennung einverstanden, wollte auf CD nachrüsten und hätte nichts dagegen, wenn meine Frau einmal pro Woche abends zum Ballett ginge, mit ihrer besten Freundin. Ich würde endlich über ein paar Dinge verfügen, die sicher sind, ein paar mehr als bisher.
Ich beobachtete die Gleichaltrigen, für die eine Aufgabe bereitstand. Wie sicher sie sich bewegten. Wie selbstverständlich sie in der Lebensmittelabteilung mit einem Scheck bezahlten, und wie gleichmütig sie alle hinter sich in der Schlange zu ihrem Publikum machten.
Ich traf Klassenkameraden und wunderte mich, daß sie in zwölf Jahren so viel älter geworden waren als ich. Das waren die Macher, die Kurzentschlossenen, die das, was sie suchen, überall finden, die von Hamburg nach Böblingen ziehen, wenn die Kasse stimmt und die Parkplatzordnung der Firma sie angemessen berücksichtigt.
Wegen ihnen ging ich nicht mehr auf die Klassentreffen, denn ich hatte Angst vor ihrem Erfolg. Sie waren Geschäftsleute geworden, ihre Zeit war knapp, sie schauten oft auf die Uhr und wurden am Telefon verlangt. Sie lachten schallend und klopften mir auf die Schulter: «Weißt du noch?» Schnell bildete sich ein Kreis von Zuhörern um sie, und sie erzählten Geschichten ohne

Pointen, in denen sie vorkamen: mit der Nichte von Giscard d'Estaing auf dem Flughafen von Dschibuti oder mit dem Referenten des Wohnungsbauministers, der eine beachtliche Rückhand hatte. Und wenn sie rauchen wollten, schnappten links und rechts Feuerzeuge auf, und zur Belohnung gaben sie noch eine Anekdote von einem Feuerzeug zum besten, das unlängst in einer ähnlichen Situation, aber auf einer höheren Ebene mit ungleich wichtigeren Herren fehlte, worauf der Doktor Soundso aus dem Aufsichtsrat von Daimler-Benz sagte ...

Schließlich forderten sie auch mich mit einem freundlichen Lungenzug zu einem knappen Rapport über meine Geschäfte auf. Was war das schon für ein Geschäft, das ich machte? Aber da sie ohnehin nicht gern zuhörten, störte es sie nicht, daß ich ausweichend antwortete. «Verstehe ich doch, die Zeiten sind schlecht, wer weiß das nicht?»

Es waren eben nicht alle so unnütz wie ich, manche wurden gebraucht. Und so blieb ein kleiner Rest von Angeboten, eben groß genug, mir die Beruhigung zu rauben, das Schicksal hätte mir keinen Ausweg gelassen.

Das machten mir die Beweglichen vor, die fröhlich jede Welle mitmachten und Katzenhotels, Videotheken, Sonnenstudios und Baguette-Shops hochzogen und mir höhnisch vorführten, wie unwichtig meine Bildung war. Was sie verkauften, war ganz beliebig, nur neu mußte es sein und erfolgreich. Sie leisteten sich keine falschen Sentimentalitäten, sie hatten begriffen, daß nicht mehr die Arbeit in hohem Ansehen steht, sondern das Geld.

Einer von ihnen war Gilbert, den ich aus alten Unitagen kannte und dem ich bei einem Botenjob unglücklicherweise vor den Schreibtisch lief. Wenn mein Vater Gilbert kennen würde, sagte er bestimmt: «Sieh dir Gilbert an! So weit könntest du doch auch längst sein.» Dann könnte ich noch entgegnen: «Gilbert hat den Laden schließlich geerbt», aber Vater würde den Ein-

wand mit einer Handbewegung vom Tisch wischen: «Darauf kommt es doch gar nicht an.» Und er hätte recht.
Gilbert war bedenkenlos widerlich, aber er stand dazu. Deshalb fand ich seine Mischung aus Macht und Charme fast schon wieder sympathisch, und Gilbert wußte das. Früher hatte er alles mögliche studiert, war jahrelang durch die Welt gereist, lebte im Winter auf Ibiza und im Sommer in New York. Als dann sein Vater plötzlich starb, mußte er dessen Schreibtisch viel früher als geplant übernehmen. Er ließ sich die Haare schneiden, kaufte sich ein Dutzend Anzüge und schickte ein paar Freundinnen weg. Über Nacht war er Chef von achtundzwanzig Mitarbeitern geworden.
Ich mußte seine Unternehmensberatung einige Male beliefern, und dann versuchte er jedesmal, mit mir ins Gespräch zu kommen. Ich erinnerte ihn an seine Turnschuhzeit, als er auch mal «Blowin' in the Wind» gesungen hatte. Inzwischen lächelte er darüber, trank morgens schon Longdrinks und ging abends in Diskotheken, in die man mich nicht reingelassen hätte. Dort lernte er seine Freundinnen kennen, die er tagsüber in sein Office bestellte, damit er sie bei Bedarf vorzeigen konnte. Seine damalige Freundin war mal Playmate des Monats gewesen, aber das lag schon drei Jahre zurück, wie er mir mit einem bedeutsamen Grinsen erzählte. Sie schickte die Mitarbeiter nach Konfekt und Video-Cassetten und war ansonsten dazu da, in Gilberts Laden eine mondäne Atmosphäre zu verbreiten. Aber soviel ich mitbekam, war ihre Zeit abgelaufen. «Große Busen sind out», meinte Gilbert, und er hatte auch schon was Neues im Auge.
Mitleid konnte sich in seiner Firma keiner erlauben, da war man schnell weg vom Fenster. «Meinst du, mir schenkt einer was?» hat er mich einmal gefragt und mir sein Konzept erklärt. Es gab nur befristete Verträge, bezahlt wurde nach Leistung, dazu verteilte er willkürliche Gratifikationen, goldene Uhren, Flugreisen für zwei und Gutscheine für Vier-Sterne-Restaurants.

Mich fand er niedlich mit meiner moralischen Empörung. Er war überzeugt, daß mein Wertesystem nichts weiter als die Ausgeburt meines langen Nichtstuns war. Wenn ich einmal so wie er Entscheidungen treffen müßte, würde auch ich schnell begreifen, wo es langging. Wahrscheinlich erzählte er mir absichtlich Geschichten, die mich schockieren sollten. Er genoß es, daß seine Erzählungen folgenlos blieben. Wenn nicht einmal so ein Idealist wie ich etwas dagegen einwenden konnte, war das schon die halbe Absolution. Dabei wußte er ganz genau, daß ich mit meiner wahren Meinung zurückhielt, wenn er etwa von seinen Plänen erzählte, den Betrieb kundenfreundlicher zu gestalten, indem er die häßlichen Frauen vom Counter in die hinteren Räume versetzte, wo keine Kunden hinkamen. «Meinst du», fragte er mich, «ich bezahl 'ne Stange Geld für den Umbau des Foyers und lasse mir das neue Image von den frustrierten Tippsen kaputtmachen?»
Manchmal, ab zwei Promille, war er richtig radikal. Einmal streckte er die geballte linke Faust zu mir herüber, während ich mich an seinem Büro vorbeistehlen wollte. «Na», rief er und tippte mir auf die Schulter, während ich schwere Kartons schleppte, «was machen eure Friedensdemonstrationen? Hört man auch nicht mehr viel davon. Bist du immer noch dabei?» Ich wollte etwas antworten, aber Gilbert kam mir zuvor: «Die hören doch nie auf mit dem Rüsten», murmelte er. «Weißt du, was ihr da macht, das bringt überhaupt nichts. Bomben müßte man schmeißen, verstehst du? Alles andere kannst du sowieso vergessen.»
In seinem Geschäft hätte ich sofort anfangen können. «Einen wie dich könnte ich in diesem Laden gut gebrauchen, wo einer den anderen bescheißt. Du könntest den Außendienstleuten bei der Terminkoordination ein bißchen auf die Finger gucken.» Aber ich habe keinen Moment daran gedacht, dieses Angebot anzunehmen, nicht nur, weil ich nichts vom Bauherrenmodell

verstand, sondern vor allem, weil ich genauso ein Spielzeug gewesen wäre wie das gealterte Playmate.
Ich arbeitete weiter ungeregelt. Mal fand ich keine Arbeit, mal schlug ich Angebote aus, ganz nach Lust und Laune. Ich lebte von der Hand in den Mund. Mein eigentliches Leben sollte mit diesem zufälligen Erwerbsleben nichts zu tun haben, und so, dachte ich, könnte es noch lange bleiben.
Die Friedensgruppe war ein angenehmes Forum. Hier wurde ich wenigstens ernst genommen und durfte mir mit ausufernden Diskussionsbeiträgen Gehör verschaffen. Draußen in der Gesellschaft hatte ich keine Aufgabe, die meine Eltern, die Nachbarn, die Bäckersfrau oder mein Zahnarzt anerkannt hätten. Daß ich mich für den Frieden nützlich machte, zählte gewiß nicht in den Augen derer, die morgens im Dunkeln zur Arbeit gingen und abends im Dunkeln zurückkamen. In diesem Leben, in dem ich so unauffällig war und nicht einmal ein großes Auto hatte, mit dem ich den Bürgersteig zuparken konnte, oder einen bissigen Hund, vor dem alle Angst hatten, versuchte ich auf meine Weise, Spuren zu hinterlassen. Spät am Abend machte ich mich mit Kleistereimer, Quast und Plakaten dort zu schaffen, wo das Plakatieren verboten ist, oder verschaffte mir mit einer Spraydose Erleichterung.
Die nüchterne Jutta sah anfangs alles ganz locker und beneidete mich manchmal, wenn ich nach einem frühen Frühstück zu zweit, an dem ich nur aus Solidarität mit den Werktätigen im allgemeinen und im besonderen aus Liebe zu ihr teilgenommen hatte, wieder im warmen Bett verschwand, während sie minutenlang versuchte, unten vor dem Haus ihren Wagen in Gang zu setzen, der bei Regen immer Kontaktschwierigkeiten hat.
Jutta besitzt eine große Wohnung, die sie vor Jahren zu Beginn einer optimistischen Beziehung angemietet hatte. Von dem ehemaligen Glück zeugen noch ein paar stabile Einbauten, einige geschickt angepaßte Schränkchen im Bad, eine Telefonablage

mit ausklappbarer Sitzgelegenheit im Flur und ein Elektromotor, der die Balkonjalousie lautlos auf- und zuzieht. «Ja», sagte Jutta manchmal, «er war ein hingebungsvoller Heimwerker.» Bevor er dazu gekommen war, die Stuckdecken unter heizkostensparender Paneele verschwinden zu lassen, hatte sie ihn hinausgeworfen. Seitdem wurde das frühere Wohnzimmer wenig genutzt, ein Fernseher stand dort, ein altes Ledersofa, eine Yuccapflanze. Ein Matisse-Plakat hing an der Wand und eine fünfarmige Leuchte von der Decke, und den Fußboden hatte sie weiß lackiert. Dort könnte ich mich einrichten, hatte sie mit mir ausgemacht, nur sollte ich sie mit meinem bunt zusammengewürfelten Geschirr und meiner Kinderbettwäsche verschonen.

So blieb das meiste unverändert in ihrer Wohnung, bis auf die Küche, in der, auch auf ihren Wunsch, mein Sofa aufgestellt wurde. Nachdem ich an einem Samstagvormittag eingezogen war, bekräftigten wir noch einmal, daß sich nichts zwischen uns geändert hätte, und für den Fall, daß es schiefginge, hätten wir schließlich gerade gesehen, wie schnell so ein Umzug zu bewerkstelligen sei.

In den nächsten Tagen machte ich mich daran, ein paar Regale umzuhängen und einige Dinge zu reparieren, wie die Dusche, die in alle möglichen Richtungen spritzte, nur nicht dahin, wo man es sich frierend erhoffte. Ich setzte nach längerem Suchen das Flurlicht wieder in Gang, klebte den Teppichboden dort wieder fest, wo schon so mancher gestolpert war, und ich tat dies alles mit großer Hingabe, wegen Jutta und weil ich viel Zeit hatte.

Mittags traute ich mich manchmal noch in die Mensa, aber eigentlich war es mir unangenehm, Jahre nach meinem Examen noch immer dort aufzukreuzen, wo sich doch jeder denken konnte, daß ich nur wegen des billigen Essens kam. Ich hatte Angst, von irgendwelchen Akademischen Oberräten in Augenschein genommen und gefragt zu werden, ob ich wissenschaftlicher Mitarbeiter geworden sei oder was ich sonst an der Uni zu tun hätte. Und wenn sie mit ihrem Tablett zufällig in meine Nähe kamen, schlug ich schnell die Augen nieder und beschäftigte mich ausgiebig mit meinem Rinderbraten «Esterházy» oder der Einladung zu einem Vortragsabend der Katholischen Hochschulgemeinde: «Partnerschaft – Herausforderung und Verpflichtung».

Ich wollte meine Gelegenheitsarbeiten immer als vorläufige Beschäftigungen ansehen, mit denen ich vorliebnahm, bis sich meine Lage besserte. Aber was wäre, wenn meine Aushilfsjobs gar keine Übergangszeit, sondern mein eigentliches Berufsleben blieben? In mir wuchs der Wunsch, Entscheidungen zu treffen. Vielleicht war ich zu wählerisch. Aber ich war schließlich auch kein einfacher Fall.

Das Problem begann schon mit einer geeigneten Berufsbezeichnung. Ich nannte mich Germanist, obwohl das nicht seriös klang, eher anmaßend. Doch auf dem Arbeitsamt in der Sonderberatung für Akademiker, wo die Sachbearbeiterinnen Doppelnamen trugen und die Behandlung zuvorkommend war, sagte eine freundliche Dame: «Germanist, was soll daran komisch sein?» Und sie trug dieses Wort ohne weiteres in meine Papiere ein. Nun war ich also arbeitslos gemeldet. Das bedeutete nichts, ich hatte keine Ansprüche und das Arbeitsamt keine Verpflichtungen, aber ich war wenigstens erfaßt und kein individueller Fall mehr, sondern ein gesellschaftliches Problem. Ich könnte mich sogar bewerben, bot mir die freundliche Dame an und schob mir einen Haufen Papier über den Schreibtisch. Ich könnte es aber auch sein lassen, es schadete nichts, egal, wie ich mich entscheiden würde.

Solchermaßen ermutigt, sagte ich ohne Scheu «Germanist», als der Wohngeldbeamte meinen Beruf wissen wollte, aber der reagierte ganz anders, weil bei ihm die Toleranz Geld kostete. Ich sah, wie es in ihm arbeitete, was er auf diese Provokation ant-

worten sollte. «Germanist», preßte er schließlich drohend durch seinen Backenbart. Das Wort flog zusammen mit kleinen Resten seines Frühstücksbrots zu mir herüber, als ob das alles wäre, was er mir zukommen lassen wollte. Er stand schließlich an vorderster Front zur Rettung des Sozialstaats und führte einen schweren Abwehrkampf gegen Drückeberger und Arbeitsscheue, die arrogant genug waren, ihre Selbstverwirklichung und Unabhängigkeit als Beruf auszugeben und sich dann noch darüber wunderten, daß sie damit kein Geld verdienten.
Zunächst glaubte er nicht, daß ich von den Einkünften, die ich angegeben hatte, auch wirklich leben könnte. Konnte ich auch nicht, deswegen wollte ich schließlich Wohngeld beantragen. Dann fragte er: «Und die Dame, mit der Sie da zusammenleben, was verdient die?» Ich mußte noch einmal erklären, daß ich bei Jutta zur Untermiete wohne. Das glaubte er zwar nicht, aber er konnte momentan auch nichts dagegen machen. Vielleicht wird er eines Tages jemanden vorbeischicken, der kontrolliert, ob wir getrennte Fächer im Kühlschrank haben. Er zählte auf, welche Bescheinigungen für meinen Antrag noch fehlten, und gewährte mir acht Tage Frist zum Nachreichen.
Ewig würde ich nicht darauf bestehen können, Germanist zu sein. Ich mußte mir eine neue Berufsbezeichnung einfallen lassen, um meine Mitwelt nicht zu provozieren, aber welche? Seit meinem Examen war ich Kellner gewesen und Tankwart, Testperson und Statist, Demonstrant und Hilfsschlosser, Lagerist und Telefonist, Kaltmamsell und Zimmermann. In einem Entwicklungsland, träumte ich, wäre ich das hochgeachtete Faktotum einer Missionsstation.
Früh morgens wecken mich eine leichte Brise und das Lächeln einer frischbekehrten Schwester, die mit mir betet. Ich trinke ungezuckerten Kaffee und esse ungesäuertes Brot. Dann mache ich eine Rundfahrt auf einem stabilen Fahrrad, immer wieder aufgehalten von dankbaren, frohen Menschen. Ich küsse einige kleine

Babys und helfe, einen Ochsen aus einer Grube zu ziehen. In einem schlichten Steingebäude ist die Muskatnuß-Genossenschaft untergebracht. Betretene Mienen auf den sonst so fröhlichen Gesichtern weisen mich zu einem defekten Schüttelsieb. Wie sollen wir unsere Verträge erfüllen? fragen sie stumm, die sonst so ausgelassen sind. Ich nähere mich der Maschine unter den Blicken von zwanzig dunklen Augenpaaren, die meinen Händen in das Innere des Gehäuses folgen. Aufmerksame Helfer tupfen mir immer wieder den Schweiß von der Stirn, bis ich einen gebrochenen Exzenter hervorziehe, wie eine Hebamme, ächzend unter der sengenden Hitze. Während das Gußteil von Hand zu Hand geht, vorsichtig beklopft, ob es sich nicht vielleicht doch überreden lasse, wieder seinen Dienst zu tun, denke ich über einen einfachen Ersatz nach. Stunden später habe ich den Schaden behoben. Ausgelassen umringen fröhliche Arbeiter das Schüttelsieb und klatschen zum Takt in die Hände. Unter meinem von der Abendsonne beschienenen Blätterdach ziehe ich noch einen Dorn aus einem Kinderfuß und schreibe ein paar Zeilen an einem langen Brief an die Lieben daheim, den das Flugzeug mitnehmen wird, bevor die Regenzeit beginnt. Die tropische Nacht kommt schnell, und die fremden Geräusche des Dschungels wiegen mich in einen tiefen, traumlosen Schlaf.

«Sie müssen sich umstellen, Herr Grewe.» Mein unbekümmerter Zahnarzt brachte mit dem ihm eigenen Realismus das Problem gegen das Pfeifen seines Bohrers auf den neuralgischen Punkt: «Sie sind zu fixiert. Sie laufen mit idealistischen Vorstellungen herum, die überholt sind. Sie wollen sich in einem Beruf verwirklichen: Die Zeiten sind vorbei! Schauen Sie, mein Schwager ist Soziologe, heute arbeitet er beim TÜV. Meinen Sie, der hat früher daran gedacht, daß er sich einmal unter alte Autos legen wird? Aber man muß flexibel sein.»

Ein Beruf sollte doch zumindest Spaß machen, quetschte ich mühsam zwischen zwei Wattezigaretten hervor, während er den großen Schreckensfräser einspannte. «Mein Gott, Herr Grewe», unterbrach er mich da und spreizte mit eisernem Griff meinen Kiefer. «Welcher Beruf macht schon Spaß? Sagen Sie mir das! Irgendwie müssen Sie Ihr Geld verdienen, und wenn Sie das zusammen haben, können Sie über den Spaß nachdenken.»

Ich verstand, was er meinte. Immer wenn ich auf seinem Behandlungsstuhl lag, hatte ich das Gefühl, daß seine schicken Assistentinnen meine schiefen Absätze anstarrten. In dem hoffnungslosen Versuch, meine geringen Einkünfte zwischen meinen großen Ansprüchen richtig aufzuteilen, vernachlässigte ich meine Kleidung, und wenn mir dann Frauen begegneten, die viel Geld für ihre Kleidung und viel Arbeit auf ihre Haut verwendeten, half mir auch das Bewußtsein, ganz fürchterlich gebildet zu sein, nichts mehr. Die Botschaft hieß: Biete etwas, dann bekommst du etwas.

Manchmal erklärte ich Jutta mit einem langen Vortrag, warum ich nicht in bestimmte Cafés gehen wollte. Ich verwickelte mich in aufwendige ästhetische Begründungen und wurde immer lauter dabei. Und ich merkte, daß Jutta längst wußte, daß ich einfach Angst vor der Sichtprobe hatte, wenn ich mit meinen einfachen Klamotten und meinem selbstgemachten Haarschnitt zur Tür reinkäme und im grellen Neonlicht den Ansprüchen nicht genügen würde, denn es war längst nicht mehr chic, nicht chic zu sein. Aber auf den Festen, zu denen ich ging, trugen die Leute immer noch festes Schuhwerk und schwitzten beim Tanzen. Und in den Flugzeugen, mit denen ich verreiste, applaudierten die Passagiere bei der Landung. Und die Restaurants in Paris und Florenz betrat ich als Tourist, nicht als Geschäftsmann, und die Kellner ließen es mich spüren. Sie schenkten mir immer noch den billigsten Tischwein ins Glas und zwangen mich zu probieren, und ich hatte nichts auszusetzen, weil ich einen besseren Wein gar nicht hätte bezahlen können. Bevor ich verreiste, tauchte ich immer noch mit eindeutigen Absichten bei meinen Eltern auf.

Und wenn ich einen neuen Mantel brauchte, konnte ich ihn mir allenfalls zu Weihnachten wünschen, wiederum von meinen Eltern.
Seit einiger Zeit störte mich das. Ich ertappte mich dabei, daß ich elegante Schaufensterdekorationen anstarrte und gutgekleideten Paaren nicht in die Augen sehen konnte. Manchmal kam ich mir geradezu unscheinbar vor und fürchtete, man könne mir meine Erfolglosigkeit ansehen. Denn mir fehlten die großen Gesten der wichtigen Leute. Und mein kritisches Bewußtsein hatte auf den ersten Blick keinen Renommierwert wie ein Autotelefon oder eine Intercity-Jahreskarte.
Dagegen versuchte ich mir einzureden, daß nur der wirklich frei sei, der nichts zu verlieren habe, und ließ die Sonderangebote links liegen, die antiquarischen Bücher, die herabgesetzten Doppel-LPs, die reduzierten Marken-Jeans, die besonders günstigen Wende-Blousons. Ich ging nur noch durch Kaufhäuser, wenn sie im Weg lagen oder es regnete. Dann schüttelte ich den Kopf über die monströsen Kinder in der Computerabteilung, die nervösen Leute um die Wühltische und die bizarren Popmusik-Videos. Ich kaufte nichts, sparte sogar das Geld für die Straßenbahn, bestellte mir beim Griechen immer das Zweitbilligste von der Speisekarte, trug alte Sachen auf und malte mir manchmal zu meiner Beruhigung aus, es würden immer mehr, denen es so ginge wie mir.
Nur noch ganz wenige hätten Arbeit, die ohnehin nicht aus unserem Viertel wären. Wir würden in billigen Zimmern leben, zu zweit, zu dritt, zu vielen. Vielleicht wohnten wir alle wieder bei den Eltern, und die Großeltern würden auch zurückkommen aus dem Altersheim. Wir kauften billige Dosennahrung oder warteten in langen Schlangen mittags vor der Garküche, was gar nicht so schlecht wäre, weil immer irgendein großes Radio die neusten Hits spielen würde. In unseren Straßen ständen die Rückbänke alter Autos auf dem Bürgersteig, der wieder uns gehörte, denn Autos würden nur noch von ganz wenigen, besonders wichtigen

Leuten gefahren, mit hohen Posten in der Wirtschaft oder der Unterwelt. Wir führen geklaute Fahrräder und bezögen Unterstützung, und unsere kleinen Geschwister brächten immer wieder etwas Brauchbares vom Großmarkt mit. Für unsere unendliche Freizeit kauften wir uns schreiend bunte Klamotten von Woolworth. Polizisten gingen ihre Runde und kontrollierten unsere Ausweise. Wir hörten Musik am offenen Fenster oder machten sie selbst, auf den Plätzen vor Touristen, und von hinten würden wir ihre Taschen leeren. In unseren Kneipen säßen auch die Alten wieder mit am Tresen, wir wären wieder eine große Gemeinschaft, und es gäbe keinen Verzehrzwang mehr. Überhaupt gäbe es viel weniger Zwänge, niemand müßte morgens früh raus und abends früh rein. Wenn es warm wäre, schlügen wir uns die Nächte um die Ohren, in Parks, Pommesbuden und U-Bahnhöfen. An den späten Vormittagen gingen wir unseren Geschäften nach, sammelten Geld vor Kirchen, böten uns an, Taschen zu tragen, fänden Radios und verkauften Radios. Wir machten Ausflüge in die anderen Viertel der Stadt, wir hielten die Augen auf und gäben Tips weiter. Wir registrierten, wenn eine Tür offen bliebe, die eigentlich verschlossen sein müßte. Ein paar von uns hätten eine ehrliche Arbeit, verteilten Handzettel für einen Discounter oder eine Phono-Kette oder arbeiteten in einem Schnellimbiß in einer Uniform, die sie auch in der Freizeit tragen dürften. An der Trinkhalle würden die Zeitschriften nicht mehr auf die Straße gehängt. Sie hätte rund um die Uhr auf, auch an Silvester und Heiligabend, und vor das Schaufenster käme ein Gitter. Wir nähmen es leicht. Wir erleichterten die Lkws, wenn sie bei Rot an der großen Kreuzung warten müßten. Doch die meisten wären fest verschlossen und führen mit bewaffnetem Geleit. Die Busfahrer dürften kein Wechselgeld mehr rausgeben und kontrollierten die Münzen, die die Fahrgäste in einen gläsernen Kasten würfen, und an manchen Stationen führen sie einfach durch.

Wenn es kalt wäre, würden wir uns in der Abluft der Restaurants wärmen, in Passagen und Unterführungen. Wir erfänden einen neuen Modetanz, und einige kämen ganz groß raus damit. Vielleicht säßen wir manchmal im Gefängnis oder auch nicht, weil dort kein Platz für uns wäre. Vielleicht hätten wir Übergewicht und schlechte Zähne.

Jutta fand diese Perspektive gar nicht lustig. Sie meinte, es gäbe dann immer noch genügend Menschen, denen es besser ginge, und die würden uns den Spaß an der fröhlichen Armut verderben. Sie war mehr und mehr der Meinung, ich solle mich auf die Hinterbeine stellen.

«Laß dich nicht so hängen», sagte sie einmal beim Frühstück. «Meinst du, du bist der einzige, der sein Leben etwas anders einrichten muß, als er es sich vorgestellt hat? Schau dir doch meine Eltern an. Die hatten auch mal große Pläne. Dann ist ihnen die Weltgeschichte dazwischengekommen. Die Nazis haben meinen Vater nicht gefragt, ob sie mit dem Überfall auf Polen noch warten sollen, bis er sein Jurastudium fertig hat.» Sie machte mich ganz krank mit ihrem Realismus.

«Was willst du eigentlich?» fragte sie mich mit großem Ernst, und ich dachte lange darüber nach, aber mir fiel keine Antwort ein und auch keine Ausrede. Ich wußte nur, was ich nicht wollte. Ich hätte gern etwas geändert an meinem Leben, aber wie?

Dabei war es nicht so, daß ich, wenn ich keinen Job hatte, wie die Katze den ganzen Tag auf der Lauer lag und darauf wartete, daß Jutta zur Tür hereinkam. Ich machte mich durchaus nützlich in meinen Kreisen. Bereitete ein Referat für unsere Bürgerinitiative über das neue Nato-Strukturprogramm vor, so daß ich nachher besser Bescheid wußte als manche, die ihm schon längst zugestimmt hatten. Oder ich diskutierte mit einem Freund über dessen Examensarbeit, weil ich ihn besser unterstützen konnte als sein alkoholabhängiger Professor. Oder ich entwarf einen geschliffenen Widerspruch gegen den Wohngeldbescheid und sah mich im Geiste schon in der zweiten Instanz bei einem mitreißenden Plädoyer. Ansonsten erledigte ich den Haushalt, und zwar so rationell wie möglich, was im Treppenhaus manchmal zu Grundwertediskussionen mit der Nachbarin führte, die sich genieren würde, von diesen Stufen zu essen, was früher, wie ich ihren Worten entnahm, offenbar ohne weiteres möglich gewesen wäre.

Aber auch Jutta unterschätzte meine Arbeit, und das kränkte mich. Mich kränkte auch, daß an manchen Abenden, während sie auf einer Gewerkschaftssitzung war, immer nur sie am Telefon verlangt wurde. Und wenn sie dann spät nach Hause kam, hätte ich gern etwas über das Leben draußen erfahren, aber ich wollte sie nicht danach fragen, weil es sich wie Kontrolle angehört hätte. Ich hoffte, sie würde von sich aus etwas erzählen, aber sie war müde und ärgerte sich, daß kein Bier mehr im Kühlschrank war.

Dann saß ich noch stundenlang allein in der Küche, weil ich noch nicht schlafen konnte, und horchte in mich hinein, befragte meine Gefühle, was ich eigentlich wollte. Ob die Angst, ohne feste Anstellung zu leben, doch schon größer geworden war als die Unlust, meine Lebenszeit tagsüber für die Dinge herzugeben, mit denen ich mich nach Feierabend trösten könnte. Aber ich verspürte immer noch eine tiefe Abneigung gegen jede Art von betrieblicher Animation, gegen Vorgesetzte, Kollegengeburtstage, immer freundliche Hostessen, die ganze Kultur der flanellbezogenen Stehaufmänner, die so zum Verwechseln ähnlich aussehen. Ich war wohl für diese Welt längst verloren. War zu anspruchsvoll, um auf das Träumen zu verzichten und bei dem normalen Leben fröhlich mitzumachen. War nicht bedenkenlos genug, ein paar Sklaven für mich schuften zu lassen, und zu nachdenklich, um selbst groß herauszukommen. Ich war weder zu Zeiten der Vollbeschäftigung in einen festen Beruf gerutscht, noch hatte ich aus dem neuen Hedonismus eine Geschäftsidee entwickelt. Ich war nicht so clever gewesen wie all die Tüchtigen, die in meinem Leben kaum noch eine Rolle spielten, weil ich ihre Reviere mied. Mit denen ich eigentlich nur bei Demonstrationen kollidierte, weil die Verfassung zwischen den Grundwerten der freien Meinungsäußerung und der freien Fahrt für freie Bürger noch keine endgültige Rechtssicherheit geschaffen hat. Da standen wir uns dann gegenüber, wir, die Randgruppen und Minderheiten, und sie, die ewig Einverstandenen, ungeduldig in ihren Autos, wenn wir an den Weltkrieg erinnerten und Horten um 14 Uhr zumachte. Dann mochte ihnen wohl einfallen, daß sie zu dem immer kleiner werdenden Kreis derjenigen gehören, die das Bruttosozialprodukt erwirtschaften, und daß sie sich nicht nur für sich selbst krummlegten und für ihre Ehefrauen, Bauernschränke, Eßecken und Alufelgen, sondern einen aufopferungsvollen Dienst für die Gemeinschaft leisteten, alten Leuten die dritten Zähne finanzierten, Studenten den Urlaub und Türken den Nachwuchs.

Denn während die Polizei sie mühsam mit quergestellten Motorrädern zurückhielt, ließen sie gereizt ihre Motoren laufen, um zu zeigen, daß sie mit dem Demonstrieren nicht einverstanden waren. Sie hielten uns für einen Kinderkreuzzug. Dabei waren die nützlichen Leute in den Autos nicht unbedingt älter als ich, aber sie sahen in jedem Fall älter aus. Denn wer eine Aufgabe hat, dem steht sie im Gesicht geschrieben, und wer keine hat, dem ist es an der Nasenspitze anzusehen.

Sie konnten einfach nicht begreifen, warum der Polizist vor ihnen dem Treiben gelassen zuschaute und auch noch die Kreuzung sperrte. Einige wollten in ihrer Empörung den Namen des Beamten erfahren, um sich bei seinem Vorgesetzten zu beschweren. Andere beließen es dabei, aus Protest gegen die Verkehrsbehinderung ununterbrochen zu hupen, und einige cholerische Naturen begannen uns zu beschimpfen, wie ein unscheinbarer Mittelklassewagenfahrer, der der vorbeiziehenden Demonstration immer wieder zurief: «Ihr spinnt doch! Ihr seid doch alles Spinner!» Wahrscheinlich fühlte er sich einfach im Recht und fragte sich, warum uns der Staat überhaupt die Straße überließ. Wir könnten doch auch im Park demonstrieren oder im Stadion, immer rund um die Aschenbahn. Wenn da eine Ladung Schweine von einem Transporter gefallen wäre, hätte er sich in sein Schicksal fügen können, hätte den Motor abgestellt und gelassen zugeschaut, bis der Stau sich wieder aufgelöst hätte. Aber wegen Befreiung vom Faschismus?

Eine Weile standen wir uns bewegungslos gegenüber. Aber zwischen meinem Papp-Plakat und seiner Stoßstange verlief eine unüberwindliche Grenze, die die Menschen in zwei Lager teilt. Nicht in links und rechts oder jung und alt, sondern in jene, die sich eingestehen, betrogen zu werden, und jene, die erbittert behaupten, glücklich zu sein.

Er und alle anderen einverstandenen Erwachsenen hatten es geschafft, auf ein Angebot einzugehen. Sie waren aufgehoben in der Welt der bunten Bilder, sie wurden von einem Lebensmodell getröstet, das zwar keinen Sinn, aber doch Anerkennung versprach. Ob dieses Versprechen immer eingehalten wird, ist gleichgültig. Wer den Lohn nicht erhält, hat etwas falsch gemacht und ist selbst schuld. Der Preis dafür ist die Pflicht, niemals zu zweifeln. Es ist der Faustsche Vertrag in Umkehrung, der Verkauf der Seele, um keine Erkenntnis zu haben.

Der Mann am Steuer wußte schon, daß es wohl Dinge gibt, die anzuzweifeln wären, doch sie erschienen ihm noch lange nicht so gefährlich wie der Zweifel selbst.

Dann war die Kreuzung wieder frei, und ich verfolgte ihn noch eine kurze Zeit mit den Augen, wie er riskant die Fahrspur wechselte und sich in kleinste Verkehrslücken drängte, um die verlorene Zeit wieder einzuholen.

Angebote und Nachfragen

Es kam der Morgen, an dem Jutta mir hinter ihrer Kaffeetasse eröffnete, daß sie mein frustriertes Gesicht nicht mehr länger ertragen könne. Einlenkend wollte sie anschließend wissen, ob ich eigentlich Stellenangebote verfolgte. Die ehrliche Antwort mußte lauten: Nein. Aber ich war gern bereit, damit anzufangen, ehe sie sagen konnte, ich sei für alles zu träge. Manchmal glaubte ich sogar selbst, daß mir jeden Samstag die ganz großen Angebote entgingen, die meine Träume wahr machen könnten. Außerdem hatte ich genügend Zeit und war neuen Erfahrungen gegenüber nach wie vor aufgeschlossen.
Aber bald schon empfand ich das Lesen von Stellenanzeigen als große Anstrengung. Die Sprache der Personalberater verursachte mir ein flaues Gefühl in der Magengrube. Wie wäre mir erst zumute, wenn ich in ihren Büroetagen Platz nehmen müßte, wo man «repräsentatives Auftreten als Selbstverständlichkeit voraussetzt», wo Unternehmen «stetig expandieren» und man mich fragt, ob es mir Spaß mache, «modifizierte Marketingkonzepte zu erarbeiten, Verkaufsplanungen zu entwickeln, Zielgruppen festzulegen». Keine Frage, es interessiert mich einen Dreck. Ich wollte auch kein «junges Team führen und motivieren» und konnte mir nicht vorstellen, «meinen Platz zwischen Kapazitätsfeststellung, Ertragsermittlung und Unternehmensstrategie zu finden». Ich wollte auch keinesfalls, um die Probleme des Vertriebs vollständig kennenzulernen, «ab und zu selbst an der Front verkaufen».
Mutter war übrigens bereit, mir Geld für einen Anzug und ein Paar schwarze Lederschuhe zu geben, damit ich überhaupt zu

einem Vorstellungsgespräch gehen könnte. Und Vater wollte die Kosten für gedrucktes Briefpapier übernehmen, mit Namen, Anschrift und Bankverbindung. Aber ich hielt das wirklich für übertrieben.

Eine Wohnung zu suchen, ist schon unangenehm genug. Mit vier Konkurrenten durch kalte Räume zu streichen, in fünf Minuten einen guten Eindruck hinterlassen zu wollen bei einem Vermieter, der vielleicht erklärt, er habe überhaupt nichts gegen unverheiratete Paare, nur Ausländer wolle er keine mehr. Aber auf dem Wohnungsmarkt hatte ich noch mehr Chancen als auf dem Arbeitsmarkt, denn meine Ansprüche waren bescheidener. Ich suchte kein Penthouse mit Fußbodenheizung, und auch ein Gäste-WC oder ein Marmorbad waren für mich keine Verkaufsargumente.

Es gab aber auch Stellenanzeigen, die genauso kurz waren wie die Annoncen der Wohnungen, mit denen ich einverstanden gewesen wäre. Das waren Jobs, in die sogar ich noch hätte reinrutschen können. In den Inseraten stand gar nicht erst, welche Tätigkeit auf den Interessenten wartete. Der Karrierestart wurde mit «Günstiger Nebenverdienst, auch hauptberuflich» umschrieben. Wenn dabei stand «Kein Haus-zu-Haus-Verkauf», suchten sie einen Telefonakquisiteur, war statt dessen «eigener Pkw erwünscht», hieß es, Versicherungspolicen an den Mann zu bringen. Auch bei einer Kreditbank hätte ich anfangen können, um bei Leuten Geld einzutreiben, die einmal «Bargeld sofort» geordert hatten für ein Auto, das inzwischen schon längst wieder kaputtgefahren war.

Doch für die Berufe, die als die ehrlichen gelten, wurde zur üblichen Bewerbung ein kleiner Lebenslauf gefordert, mindestens zwanzig Zeilen, aus dem auch meine Neigungen hervorgehen sollten und meine Interessen. Auch chiffrierte Angebote ließen keine Zurückhaltung zu. Sie wollten alles von mir wissen, und ich wüßte nicht einmal, an wen ich schriebe. Ich hätte ihnen glaubhaft machen müssen, daß ich mich voll für ihre Ziele einsetzen wollte, welche es auch seien. Da ging es um mehr als die tarifliche Normalleistung, da würden mein Verstand, mein Ehrgeiz und meine Phantasie eingekauft. Glaubhaft wäre meine Einsatzfreude erst gewesen, wenn ich sie frei von jeder Frage nach dem Geschäftsgegenstand hätte zusichern können, möge er im Verkauf von Bratheringen, ambulanter Altenpflege, Walzwerken oder Binärgasen bestanden haben.

Ich wußte nicht, was ich schreiben sollte an den großen Unbekannten, damit der Mathias Grewe, den sie aus dem Kuvert ziehen würden, möglichst wenig Ähnlichkeit mit seinem mißratenen Original hätte und in möglichst vielen Merkmalen dem Prototyp gliche, den sie sich für ihre Betriebsinteressen erdacht hatten.

Früher hatte es immer geheißen: Ehrlich währt am längsten. Doch das bedeutete nur, daß die Strafe milder ausfiel, wenn ich geständig war. Aber auch bei diesen Stellen, wo sie mit meiner Lohnsteuerkarte und einer Sichtprüfung nicht zufrieden sind, durfte ich mit der kleinen Autobiographie, die sie mir abverlangten, nicht in der Reserve bleiben. Sie haben ihre formelhafte Arbeitsmarktsprache nicht erfunden, um mich zu schützen, sondern um sich selbst dahinter zu verbergen. Sie schrieben etwa, daß das Arbeitsklima angenehm sei, und ich konnte mir ausmalen, wie der Aktentaschenträger gekleidet sein müßte, den sie sich für ihr Klima wünschten. Sie nannten das Gehalt zeitgemäß, und ich wußte, daß hohe Gehälter nicht mehr zeitgemäß waren. Ich hätte natürlich schreiben können, daß ich es gewohnt bin, mich schnell in fremde Sachgebiete einzuarbeiten, daß ich belastbar und flexibel bin, hätte ihre Texte nachbeten können. Aber das hätte sie kaum beeindruckt, denn die Unterwerfung unter ihre Kommandos, die sie mit diesen Floskeln umschrieben, setzten sie ohnehin voraus. Sie war eine notwendige, aber keine hinreichende Bedingung, damit ich in die engere Wahl gezogen würde. Sie wollten mich durchsichtig, sie baten um eine verbale Urinprobe.

Der Psychologe würde sich zuallererst Gedanken über meine unausgereifte Handschrift machen. Dann würde er sagen: «Sehr ehrlich, dieser Herr Grewe, das macht ihn sympathisch. Es gehört schon ein gewisser Mut dazu, uns zu schreiben, eigentlich ganz außerordentlich antikapitalistisch eingestellt zu sein. Ob das mit einer Tätigkeit in unserem Hause vereinbar ist, sei dahingestellt.» Ich würde also nicht ehrlich sein. Zunächst galt es, aus der Vielzahl meiner Erfahrungen und Qualifikationen eine Auswahl zu treffen.

Ich besitze die Allgemeine Hochschulreife und den Führerschein Klasse drei, spreche Englisch und bin aus der Kirche ausgetreten, kenne mich aus in deutscher Literatur und amerikanischer Rockmusik und habe Erfahrungen in Holzverarbeitung und Messebau, besonders Oktanorm-System. Ich habe beim Zivildienst gelernt, Schulaufgaben zu beaufsichtigen und Tulpen zu pflanzen. Ich habe gelernt, mich in Diskussionen zurückzunehmen und mich im Straßenverkehr durchzusetzen. Ich kann mich selbst versorgen, die Treppe putzen und Betten beziehen. Ich habe zwölf Semester Deutsch und Philosophie studiert und war schon einmal in New York. Ich habe gelernt, dialektisch zu denken, und führe kleine Reparaturen am Auto selber durch, wie Bremsklötze austauschen, Auspuff erneuern und so weiter. Ich kann Fotos vergrößern und Filme entwickeln. Ich kann mit Kindern umgehen. Ich kann lange Gespräche über Beziehungen führen, die Kniebeuge auf einem Bein und lateinische Inschriften an alten Gebäuden übersetzen. Ich kann schnell und sauber tapezieren und Anfänger beim Teppichbodenverlegen beraten. Ich kann fast alle Autobahnabfahrten von Köln bis Basel der Reihe nach auswendig aufsagen, ich kann wissenschaftliche Referate schreiben und mit meiner Mutter Dialekt sprechen. Ich kann ziemlich schwere Sachen heben, was man mir auf den ersten Blick gar nicht zutraut. Ich bin ausdauernd. Als Kind habe ich Puzzles aus fünftausend Teilen zusammengesetzt. Ich habe den «Zauberberg» und den «Mann ohne Eigenschaften» von der ersten bis zur letzten Seite gelesen, und ich kenne die Namen aller Viertausender der Alpen, sechsundsiebzig an der Zahl, wenn man die Vorgipfel nicht mitzählt.

Neben all diesen Fähigkeiten gibt es natürlich auch Defizite, die in meiner zukünftigen beruflichen Umgebung vielleicht unangenehm auffallen würden. Ich kann keine doppelte Buchführung und kein Steno. Ich war nicht bei der Bundeswehr und noch nie in einem Nachtlokal. Ich verstehe meine Stromrechnung nicht und kann einen Gewürztraminer nicht von einem Edelzwicker unterscheiden. Bei einem Terminal weiß ich nicht einmal, wo der Knopf zum Einschalten ist. Und was sollte ich von meinen Interessen bekanntgeben?

Ich bin stark daran interessiert, daß die Stationierung der amerikanischen Mittelstreckenraketen in der Bundesrepublik rückgängig gemacht wird. Ich bin weiterhin daran interessiert, daß die Vorbereitungen für den Atomkrieg gestoppt, die Militäretats abgeschafft und die Militärblöcke aufgelöst werden. Und an der Ablösung der Regierung, deren Politik auf das Gegenteil hinausläuft, bin ich ebenfalls interessiert. Darüber hinaus interessiere ich mich für Italien im allgemeinen und italienische Filme im besonderen, schwarze Musik und gutes Essen.

Über meine Neigungen wäre dann auch noch einiges zu sagen. Manchmal neige ich nämlich zu Depressionen. Dann gehe ich am liebsten nicht aus dem Haus und rufe niemanden an, warte aber sehnsüchtig darauf, daß mich jemand anruft. Ich habe eine Neigung zum Kommunismus und zum anderen Geschlecht. Und ich neige dazu, bei Gesprächen schnell müde zu werden, in denen Dinge zur Sprache kommen, die mir unangenehm sind.

Für die Bewerbung hätte ich dieses Durcheinander natürlich sichten, ordnen und geschickt kürzen müssen. Als Rahmen meiner Mitteilungen war ein Lebenslauf vorgesehen. Da durfte ich vor allem nicht mit «Ich» anfangen und konnte auch nicht schreiben, was mir zu meinem Leben so alles einfiel, und mich in die Dinge verlieren, die mir wichtig erschienen.

«Am 8. August 1955 wurde ich als Sohn der Hausfrau Hilde Grewe, geborene Ullrich, und des Technischen Zeichners Arnold Grewe in Köln geboren. Die Fabrik, in der mein Vater arbeitete, spielte in meiner Kindheit und Jugend eine große Rolle, denn unser Haus stand direkt neben dem Werksgelände, genau da, wo heute die Lehrwerkstatt ist. Das Haus hatte der Großvater gebaut, der gegenüber in einem Garten Obst und Gemüse anbaute. Dort wurde später die Kantine errichtet, die offiziell Sozialgebäude hieß. Meine Eltern haben damals das Grundstück viel zu billig verkauft und schon das erste Angebot akzeptiert, obwohl sie sich denken konnten, wie scharf die Firma auf das Gelände war.

Danach zogen wir in eine Werkswohnung drei Straßen weiter. Aber der große Schornstein lugte immer noch in unser Küchenfenster, und an Regentagen war der Rauch zu schmecken. Meine Eltern wollten lieber christlich als proletarisch sein und fühlten sich dem Mittelstand zugehörig.»

So konnte ich unmöglich einen Lebenslauf beginnen. Sie hätten eine Art Klassenstandpunkt herausgehört, und das wäre gar nicht gut gewesen. Spätestens bei der inhaltlichen Auswertung wäre ich aus dem Rennen geflogen. Ich hätte mich mehr auf die äußeren Daten meines Lebens beschränken müssen, aber so, daß sie sich dennoch ein Bild von mir machen konnten.

Es war alles eine Frage des guten Willens. Aus dem vielen, was mir einfiel, und dem wenigen, was ich anzubieten hatte, wäre bestimmt eine Bewerbung zu verfassen gewesen, die ich mit den üblichen fotokopierten Dokumenten in einen großen Briefumschlag hätte packen und zur Auswahl-Lotterie einsenden können. Warum wollte ich nur nicht?

Ich stellte mir den Schreibtisch vor, auf dem die Paßfotos aller Interessenten nebeneinander ausgebreitet würden: ein Wackelbild von vierhundert Konkurrenten. Dann würde es mir so ergehen wie an der Uni, wo die Professoren sich immer über die Studenten gefreut hatten, die unkonventionelle Ideen vortrugen und ihre Seminare mit originellen Einfällen belebten. Aber als Mitarbeiter hatten sie schließlich andere bevorzugt, die weniger lustig waren, dafür aber zuverlässiger und rechtschaffener.
Als ich mein Foto machte, wußte ich noch nicht, daß man in der Fotokabine zwischen zwei verschiedenen Hintergrundfarben wählen kann und daß der rote Vorhang wirklich nicht zu meinen blonden Haaren paßt. Aber wenn meine Unterlagen erst einmal auf dem Schreibtisch der chiffrierten Firma lägen, hätte ich keine Möglichkeit mehr, noch Erklärungen nachzureichen, denn bei der Vorauswahl würde nach Aktenlage entschieden.
Der Personalchef würde nichts mehr wissen wollen. Er hätte seine eigenen Vorstellungen von dem Mathias Grewe, den er brauchen kann, und seine Auswahl wäre groß genug. Er wäre mit einem dreißigjährigen Mann einverstanden, den man auch auf achtundzwanzig schätzen könnte, der in einfachen Verhältnissen groß geworden ist und zielstrebig einen Hochschulabschluß gemacht hat. Dieser entsteigt unten auf dem Firmenparkplatz einem Ford Fiesta, die Lederaktentasche unter den Arm geklemmt, einen hellen Popelinemantel darübergeschlagen. Er geht entschlossen auf das Bürohaus zu, findet sich ohne weiteres zurecht, nimmt zwei Treppenstufen auf einmal, ohne aus der Puste zu kommen. Er streckt dem Personalchef die Hand entgegen und blickt sich kurz im Zimmer um, ehe er Platz nimmt. Er redet nur, wenn er gefragt wird, dann aber flüssig, freundlich und bestimmt. Er hat sich gut vorbereitet. Er ist verheiratet und Nichtraucher. Er spielt Schach. Er liest den Sportteil und Romane von Harold Robbins.
Ich konnte mir den Mitarbeiter schon vorstellen, den sie gebrau-

chen könnten. Aber das war jemand ganz anderer als ich. Ein freundlicher, gutwilliger Mann wie die ehemaligen Kommilitonen mit den Samsonite-Köfferchen mit Zahlenschloß, mit den immer spitzen Drehbleistiften und Digitaluhren mit eingebautem Wecker, über die ich früher gelacht hatte. Die hätten jetzt die besseren Karten auf dem chiffrierten Schreibtisch. Sie hatten ihre Zeit besser genutzt als ich, hatten Programmiersprachen gelernt, während ich verschiedene Beziehungsmodelle ausprobiert habe. Sie waren für ein Jahr nach South Carolina gegangen, um ihr Englisch zu verbessern, und ich hatte den Leuten auf der Straße zu erklären versucht, daß die amerikanische Regierung den Atomkrieg vorbereitet.

Und vor uns allen wären selbstverständlich die an die Reihe gekommen, die bereits Berufserfahrung haben. Die war zwar nicht gefordert, aber sie würde wohlwollend berücksichtigt werden, denn die Personalchefs wußten schon lange, was von einem Hochschulabschluß zu halten ist. Da hätte ich die gleichen Chancen wie ein Hauptschüler gehabt, der sich gegen zwanzig Abiturienten um eine Ausbildung in der Bank bewirbt.

Vielleicht waren die Zeitungen längst dazu übergegangen, Stellen anzubieten, die gar nicht existierten, um den Eindruck zu erwecken, es gäbe noch einen Stellenmarkt. Und in der Anzeigenabteilung saß womöglich ein arbeitsloser Lehrer, der allen Einsendern zum Dank fürs Mitmachen ein vorgedrucktes Antwortschreiben einer fingierten Unternehmensberatung zuschickte: «Auf unsere Stellenausschreibung sind uns sehr viele Einsendungen zugegangen. Wir haben deshalb etwas mehr Zeit benötigt, alle Unterlagen sorgfältig durchzusehen. Wir müssen Ihnen nun leider mitteilen, daß sich unser Klient für eine andere Bewerbung entschieden hat. Wir danken Ihnen für Ihr Interesse und wünschen Ihnen viel Erfolg bei der Suche nach einer Ihren Wünschen entsprechenden Tätigkeit. Mit freundlichen Grüßen ...»

Ich hatte die Schlupflöcher nicht gefunden, ich war nicht aufmerksam genug gewesen. Andere waren zur Stelle, wenn irgendwo im Rundfunk die Position eines Diskjockeys frei wurde, weil der dreiundvierzigjährige Vorgänger nach Kanada auswanderte. Andere hatten jahrelang Berichte von Autounfällen und Seniorenkaffees in die Lokalredaktion getragen, die ihnen dort zusammengestrichen wurden und für die sie 25 Mark bekamen. Dann entschloß sich eine achtunddreißigjährige Redakteurin plötzlich, ihr erstes Kind zu bekommen, und sie wurden gefragt, und sie hatten annehmen dürfen.
Ich war nicht auf Draht gewesen, vielleicht weil es genau das war, was mir mein Vater mit auf den Weg geben wollte. «Junge, halte die Augen offen», hatte er immer gesagt, und damit meinte er ein instinktives Gespür für günstige Gelegenheiten, das ihm so völlig fehlt wie mir auch. Andererseits schreckten mich die Bewerbungssüchtigen ab, die donnerstags und samstags die einschlägigen Zeitungen mit zitternden Händen durchforsteten, die eine kleine Registratur hatten für ihre Außenstände, für die Absagen und die hinhaltenden Versprechungen und ein kleines Papierlager mit kopierten Zeugnissen, handgeschöpften Büttenbogen und braunen DIN-A4-Kuverts und eine Briefwaage, auf der sie ihre Hoffnungen sorgfältig abwogen. Die ihrem Briefträger auflauerten, zunächst hinter der Gardine, aber mit der Zeit ihre Hemmungen immer mehr aufgaben und schließlich auf offener Straße fragten: «Haben Sie nicht was für mich?» Die enttäuscht meist große Kuverts in Empfang nehmen mußten, mit denen ihre Unterlagen zurückgesandt wurden, die sie wieder ihrer Ablage zuführten, und die nur ganz selten schlanke, weiße, hoffnungsvolle Geschäftsbriefe bekamen, die eine Einladung zu einem Vorstellungsgespräch enthielten oder zumindest einen tröstenden Zwischenbescheid.
Bei diesem Spiel wollte ich nicht mitmachen. All das gehörte nur zu der hartnäckigen Weigerung, die Wirklichkeit zur Kenntnis

zu nehmen. Da wurde mit unbeirrbarem Trotz und traurigen Ritualen eine Zukunftserwartung inszeniert, die der eigenen Tröstung diente und die allenfalls noch die Legende vom Glück, für das jeder selbst verantwortlich sein soll, am Leben hielt.

Jutta ließ mir viel Zeit, sie drängte mich nicht. «Na, steht was Interessantes drin?» fragte sie höchstens beiläufig, wenn ich den Anzeigenteil sortierte. Damit erwartete sie aber noch keinen genauen Bericht. Schließlich war so viel Zeit vergangen, daß sie ein Recht auf eine ehrliche Antwort hatte. Nein, ich hatte nichts gefunden, und um vieles wollte ich mich auch gar nicht erst bemühen. In den Zeitungen stand Unzumutbares oder Unerreichbares. Ich würde weiter, mit ungewissen Erwartungen, von Gelegenheitsjobs leben, die ebenso schnell vereinbart wie aufgelöst werden konnten. Was daraus werden sollte, mochte ich mir nicht genauer ausmalen. Ich würde weiterhin ein ungeregeltes Einkommen beziehen und meine Freiheit behalten.

Groß war die Freiheit aber schon lange nicht mehr, seitdem die Jobs so knapp geworden waren. Da konnte ich es mir nicht mehr wie früher erlauben, Angebote auszuschlagen, weil ich keine Lust auf Lkw-Abladen hatte oder die Sonne so schön schien. Da mußte ich oft nehmen, was da war, und oft war nichts da. Auch fand ich es auf dem Arbeitsamt nicht mehr so lustig wie früher, als ich noch fast Student war und keiner von den Härtefällen, mit denen ich nichts zu tun haben wollte. Die hatte ich damals mit großen Augen gemustert, wie sie dort schweigsam auf langen Holzbänken saßen, in diesen häßlichen Billigtextilien, über die ich mich zu der Zeit noch lustig gemacht hatte. Blousons aus Polyester und Plastik-Turnschuhe mit zwei Streifen, vollsynthetische Rollkragenpullover und Jeans mit ausgestelltem Bein. Da dachte ich noch, daß die Leute, die so ein Zeug tragen, einfach einen schlechten Geschmack hätten. Aber die nachdenkliche Jutta hatte es damals schon nicht mehr lustig gefunden, wenn ich mir in der Kaufhalle zum Spaß eins von diesen Sweatshirts vor die Brust gehalten habe, die zwar vorne und hinten nicht sitzen, dafür aber eine ganze Trommel Wäsche einfärben können. Da hatte ich mir die Leute auf dem Arbeitsamt genauer angesehen. Sie waren so alt wie ich und so ungelernt wie ich. Aber sie waren weniger wählerisch, weil sie dem Sozialstaat erst einmal ihren guten Willen beweisen mußten, bevor etwas für sie abfiel. Sie ließen sich ohne langes Zögern für eine Inventur abkommandieren oder eine Nacht in der Messehalle, und wenn ein Schnellimbiß sie mit Schildern um den Hals zu Werbezwecken in die Fußgängerzone schicken wollte, sagten sie auch nicht nein.

Ich bekam währenddessen immer noch zumutbare Jobs, nicht nur, weil ich den Führerschein Klasse drei besitze. Meine höflichen Umgangsformen und mein sicheres Auftreten veranlaßten den Beamten bei der Jobvermittlung, mich im Rahmen seiner Möglichkeiten zu fördern und mir solche Arbeiten anzuvertrauen, die Initiative und Verantwortung erforderten. Wenn etwa ein Bezirksbevollmächtigter, dessen Führerschein wegen Trunkenheit am Steuer für sechs Monate auf Eis lag, einen Chauffeur brauchte, konnte man mir mit gutem Gewissen die weiße Vermittlungskarte in die Hand drücken.

Aber solch ein Bezirksbevollmächtigter wollte nicht nur zu seinen Kunden chauffiert werden, er wollte sich unterwegs auch ein bißchen entlasten, denn er hatte eine verzwickte Lebensgeschichte und Depressionen, ein wehes Bein und einen Lieblings-Bundesligaverein. Er zählte auf, wem es alles viel zu gut geht in unserem Land, und ärgerte sich über die Besuchsregelung für seine Kinder aus erster Ehe. Er hatte eine Schwäche für Frauen, wie er es nannte, und ein geübtes Auge, das schnell taxierte. Dann forderte er mich manchmal auf, langsamer zu fahren, und sagte schließlich aufgeregt: «Haste die gesehen, haste die gesehen?» Und er erklärte mir, worauf es bei den Frauen ankomme, daß es da nämlich solche gäbe und solche und welche,

die sofort wüßten, wo es langgeht. Aber mit der Zeit bekäme man schon ein Gefühl dafür.
Wie oft habe ich mir solche Geschichten anhören müssen, gegen die ich mich nicht wehren konnte, weil sie ein Teil des Handels waren, den ich eingegangen war? Wie viele mittelständische Unternehmer haben mir schon ihr Herz ausgeschüttet und meinen Rat gesucht, nicht wegen der Betriebsprüfung, die ihnen vielleicht ins Haus stand, sondern wegen rein menschlicher Probleme. Denn unsere Kulturen unterschieden sich so deutlich voneinander, daß sie vor Übertragungen und Indiskretionen sicher sein konnten. Sie glaubten mir meine Überzeugungen, denn sie wußten, daß ich im Gegensatz zu ihnen nichts besaß, was der Sozialismus mir wegnehmen könnte, kein Haus, keinen Betrieb, keine Ehefrau, und von meiner Bildung wußten sie, daß sie keinen Pfifferling wert ist, sonst hätte ich nicht in ihren Firmen arbeiten müssen, die sie auch ohne Abitur aufgebaut hatten. Dort hatten sie Heimvorteil und genossen ihn. Sie luden mir immer eine Spanplatte zuviel auf und machten mir Beine. Der Lkw war gemietet und kostete 40 Mark die Stunde. «Wenn Sie mir die 40 Mark bezahlen, können Sie ruhig langsamer machen», sagte der Chef und freute sich über seinen Scherz. Oder er klopfte mir auf die Schultern, während ich unter schweren Lasten ächzte: «Das ist wohl reichlich ungewohnt für Sie, Herr Grewe! Was haben Sie eigentlich studiert? Germanistik? Und was wollen Sie damit werden? Na, jedenfalls viel Glück!» Und ich hatte kaum die Puste für meine knappen Antworten.
Aber bei langen Autofahrten oder kurzen Frühstückspausen erwachte doch immer ihr Interesse, mit einem gebildeten Menschen ins Gespräch zu kommen. «Sie haben doch studiert», war eine beliebte Eröffnung, um meine Meinung einzuholen, zu allem, was ihnen auf der Seele lag, zu Hochzinspolitik und Nierensteinzertrümmerung, Recycling und Rasterfahndung, Ausländerrückführung und Pille für den Mann. Sie ermunterten

mich, meine Meinung zu sagen, und akzeptierten sie doch nicht. Denn ich hatte schließlich studiert, und das bedeutete zugleich, alles, was ich sagen würde, wäre das unverantwortliche Konstrukt eines Menschen, der keine Ahnung vom Leben hat. «Hören Sie doch auf, Herr Grewe! Wenn Sie einen kleinen Betrieb hätten und 250000 Mark Schulden am Arsch, würden Sie genau dieselbe Partei wählen wie ich.» Ansonsten fragten sie mich, wie ich ihre Briefe fand, die ich abtippen mußte, wie mir ihre Frauen gefielen, die ich zum Friseur fahren sollte, oder ihre Autos, die ich zu waschen hatte. Und wenn sie ganz vertraulich werden wollten, begannen sie, auf den Staat zu schimpfen, denn da war ich doch bestimmt ihrer Meinung.

Alle mittelständischen Unternehmer schimpfen auf den Staat. Meine früheren Chefs, mein Zahnarzt und Onkel Heiner teilen stets aller Welt mit, daß ihre Arbeit zu geringen Ertrag abwirft. Sie klagen über Abgaben und Steuern, kritisieren den Mutterschutz und die Berufsschulpflicht und rechnen einem vor, wie wenig von ihrem Umsatz übrigbleibt, wenn man Versicherungen und Leasingverträge, Hypotheken und Tilgungsraten abzieht.

Natürlich haben auch Arbeiter und Angestellte das Gefühl, weniger zu erhalten, als ihnen zusteht, aber im Gegensatz zu Onkel Heiner würde Vater sich wohl nie bei einer Geburtstagsfeier darüber auslassen. Für Onkel Heiner liegt die Schuld beim Staat. Der schmälert seine Nettoerträge, weil er den Tüchtigen behindert. Er besteht aus einer undurchsichtigen Bürokratie und überflüssigen Sozialstellen, wo das Geld der Fleißigen mit vollen Händen zum Fenster hinausgeworfen wird. «Leistung wird bei uns bestraft», ist eine beliebte Parole von ihm. Für Vater liegt die Schuld bei ihm selbst, weil er es nicht zu mehr gebracht hat. Er würde nie sagen, daß er sich für seinen Chef krummlegt oder für ein paar hundert Aktionäre, wie Onkel Heiner das von der Steuer behauptet. Auf Unternehmer zu schimpfen, ist die unfeine

Art der Erfolglosen. Das machen fanatische Gewerkschafter, Kommunisten und ewig zu kurz Gekommene wie ich, die immer noch einen Klassenstandpunkt haben wollen in einer Welt von unternehmenden Mitbürgern und Arbeitsplatzbesitzern. Aber auf den Staat zu schimpfen, ist das Einverständnis der Erfolgreichen.

Einer meiner Chefs hatte sich vor zehn Jahren mit einem Kredit selbständig gemacht, ein Haus gebaut und eine Lagerhalle für Messestände. Seine Frau und er hatten es nicht leicht, wie er immer betonte, selbst jetzt nicht, wo es ihnen besser ging. Sie waren seit langem nicht mehr in Urlaub gewesen, nur nach der Münchener Nahrungs- und Genußmittelmesse blieben sie traditionell drei Tage in Garmisch-Partenkirchen. Dort hatten sie ein schönes Zimmer mit Bad und Fernseher. Es war sauber, und zum Frühstück gab es zwei Sorten Wurst und reichlich Marmelade. Manchmal erzählte er Witze, wie den von den Nonnen, die einen Fahrradausflug machen wollen, oder von dem Liliputaner, der eine große Frau geheiratet hatte. Oder er berichtete von einem anderen Unternehmer, der, um Spesen zu sparen, seine Leute auf Schaumgummi im Lkw schlafen ließ. Und wenn einer über den schlechten Lohn maulte, lud er allein eine riesige Rolle Teppichboden ab, ein Argument, das bisher noch jeden überzeugt haben soll.

Ich begriff diese Geschichte, nicht nur weil ich es eigentlich gut bei ihm hatte, sondern weil er es eigentlich schwer hatte. Er war so erbärmlich knapp mit Geld, daß an allem gespart werden mußte. Alles wurde repariert, und das machte die Arbeit mühselig und langwierig, aber er hatte es sich schon lange abgewöhnt, seine Arbeitszeit in Rechnung zu stellen. In den kurzen Mittagspausen, in denen wir zwischen offenen Hallentoren frierend unsere Butterbrote aßen und einen Schluck Kaffee aus der Kanne nahmen, beschwor er das Ethos der ehrlichen Arbeit und wünschte sich, daß der, der am meisten arbeitete, auch am mei-

sten verdienen solle. Dabei flatterten ihm Zinserhöhungen in einem Tempo ins Haus, das auch durch gesteigerte Umsätze nicht mehr auszugleichen war.
Warum erbarmte sich der Gott der freien Marktwirtschaft kein einziges Mal seines treuesten Gläubigen? Mit seinem Fleiß hätten andere, Rücksichtslosere, ein ganzes Imperium aufgebaut, einen Stadtstaat aus Messeständen. Aber er war der Sklave seines Unternehmens geworden und glaubte immer noch, er sei der Chef, weil die Rechnungen an ihn adressiert waren. Mit den Großkunden, die ihn mit attraktiven Aussichten in die Selbständigkeit gelockt hatten und die seitdem ihre Messestände nicht mehr selbst aufbauen mußten, verband ihn eine nicht zu erschütternde Solidarität. Und die Prokuristen der Ausstellungsfirmen verstanden es, die richtige Aura um sich zu verbreiten, wenn sie vor Messebeginn anreisten. Da wußte jeder, wann er ihnen aus dem Mantel zu helfen hatte oder im Weg stand. Sie hatten mit meinem Chef Garantieverträge geschlossen und drückten ihn jetzt im Preis. Sie nahmen mit machtbewußten Gesten Besitz von den Örtlichkeiten, ließen Zigarettenasche auf den Teppichboden fallen, den wir stundenlang gereinigt hatten, und hinterließen ihr aufdringliches Herrenparfüm am Messestand, den mein Chef übermüdet quer durch die Bundesrepublik fuhr, wachgehalten vom gemeinsamen Nachtprogramm der ARD, von Automatenkaffees am Kamener Kreuz und Coca-Cola am Dreieck Mönchhof.
Irgendwann konnte er mich einfach nicht mehr bezahlen, obwohl ich nicht teuer war. Die Messesaison begann, aber er brauchte mich nicht. Vielleicht hatte er einen noch billigeren Handlanger gefunden oder baute von nun an die Stände allein auf. Wieder mußte ich mich nach Arbeit umsehen, ließ mich notgedrungen auf einen kurzen Job bei einer Tierhandlung ein, für den ich mich zu Hause auf Abruf bereitzuhalten hatte. Ich stand zur Verfügung, wenn ein Lkw mit Tonnen Hundefutter eintraf,

den ich dann abladen mußte, oder die unterschiedlichsten Katzenliebhaber, vornehmlich im fünften Stock, große Pakete Katzenstreu orderten. Dann drückte mir manche freundliche Oma fünfzig Pfennig Trinkgeld in die Hand oder einen gutgemeinten Schokoriegel, und ich bemühte mich, diese Erlebnisse lustig zu finden, aber eigentlich war mir eher zum Heulen zumute.

Jutta machte sich Sorgen. Sie kannte jemanden, der an der Volkshochschule Deutsch für Ausländer gab, und der wiederum kannte jemanden, der den kannte, der die Kursleiter einstellte. Der war aber gerade in Urlaub, und als er zurück war, tat es ihm leid, mir nicht helfen zu können. Aber die Volkshochschule habe beim besten Willen keinen Platz für alle arbeitslosen Akademiker.

Ich schlich wieder zum Arbeitsamt, und dort gab es tatsächlich einen Job für mich. Am nächsten Morgen stellte ich mich bei einer Firma vor, die einen befristeten Arbeitsvertrag für einen Auslieferungsfahrer anbot. Vier Monate, das schien mir eine sehr lange Zeit zu sein. Was würde aus dem Urlaub werden, den ich mir vorgenommen hatte? Und sollte ich wirklich jeden Morgen um sechs Uhr aufstehen müssen? Ich hatte nicht viel Auswahl, als ich zugriff, nur den Trost, daß ich jederzeit wieder gehen könnte, wenn ich etwas Besseres gefunden hätte.

Auf dem Boden der Tatsachen

Von montags bis freitags trete ich seitdem täglich um sieben Uhr dreißig an, und bis eins fahre ich Papier und Toner in alle möglichen Büros, in denen die Firma Copy-Leasing ihre Fotokopierer aufgestellt hat. Seit einem halben Jahr arbeite ich auf Lohnsteuerkarte, zahle Beiträge zur Rentenversicherung und habe Anspruch auf bezahlten Urlaub, von dem ich sogar schon zwei Wochen nehmen durfte.
Ich habe eine Stempelkarte, und wenn ich wollte, könnte ich einen grauen Kittel tragen mit dem Firmenschriftzug auf dem Rücken, denn ich gehöre dazu. Ich habe einen Schrank für meine Sachen und ein Körbchen mit meinem Namen darauf, in das die Kollegen die Aufträge legen, die ich erledigen muß. Ich fahre einen knallroten Kombi mit weißer Aufschrift, für den ich sorgen muß, und ich führe ein blaues Fahrtenbuch, in das ich morgens und mittags den Kilometerstand eintrage und die Liter, wenn ich getankt habe. An meinem Autoschlüssel baumelt ein Mainzelmännchen, und hinten auf der Heckscheibe steht: Vorsicht, nicht hupen, Fahrer träumt vom 1. FC Köln.
Mein Vertrag ist noch immer befristet, obwohl er schon zweimal verlängert wurde. Aber seit heute morgen weiß ich, daß man mich gern behalten würde, denn man ist mit mir zufrieden und traut mir auch einfache Wartungsarbeiten zu.
Das ist der Stand der Dinge. Ich bin in geordneten Verhältnissen angekommen. Ich habe eine Beschäftigung gefunden. Ich bin eingerückt als festes Belegschaftsmitglied. Manchmal werde ich «Kollege Grewe» gerufen, und ich frage mich, ob es das ist, was aus mir geworden ist: ein Kollege. Und für wen bin ich Kollege?

Meine Arbeit ist einsam. Das habe ich so gewollt. Ruhig fahre ich den handlichen Kombi durch die Stadt. Ich stelle meine Touren zusammen, wie ich es für richtig halte, kann Besorgungen einschieben, Arztbesuche oder eine Tasse Kaffee im Stehen. Im Verkehrsstau verliere ich nicht die Geduld, auch wenn ich in Eile bin. Ich stütze den Arm auf das offene Seitenfenster und denke nach über meine Kollegen. Ich höre Radio: fremde Nachrichten aus der wirklichen Welt, in der ich angelangt bin.
Ich lasse das Programm über mich ergehen, bis ich Kopfschmerzen von Diana Ross bekomme, höre die beliebten Problemsendungen der beliebten Moderatorin bis zum bitteren Ende, bin ganz Ohr, wenn ich nicht gerade ausladen muß. Da geht es um brennende Fragen wie Nacktbaden im Hallenbad oder Arztromane. Dazwischen wird dann «Pack die Badehose ein» oder der Soundtrack von Dr. Schiwago eingespielt, aber das wichtigste ist die Hörerbeteiligung. Alle dürfen hinschreiben, alle dürfen anrufen, und wer Glück hat, kommt plötzlich im Radio vor.
Was haben sie für Gründe, dort anzurufen und zu erklären, warum sie Bierdeckel sammeln? Glauben sie denn wirklich, hier kämen sie endlich einmal zu Wort? Da heißt ein Thema vielleicht «Ferienerlebnisse», und dann darf eine Mutter vom Urlaub auf dem Bauernhof berichten, und wie beeindruckend es für die Kinder gewesen ist: «Die hatten das ja noch nie gesehen, und am dritten Tag, wo wir da waren, ist ein Fohlen zur Welt gekommen, da erzählen die Kinder heute noch von.» Vor allem erzählt sie heute noch davon, aber warum? Alle, die zu Wort kommen, hatten einen wunderbaren Urlaub. Allen hat es unheimlich gut gefallen. Gewiß, es gibt auch Sorgen. Eine Hörerin berichtet: «Also, als wir diesen Sommer in Urlaub gefahren sind, wir fahren immer nach St. Wolfgang am Wolfgangsee, habe ich alle Schränke abgeschlossen und die Schlüssel allesamt abgezogen und in eine Kommode getan. Von der Kommode hab ich den Schlüssel auch abgezogen und versteckt. Als wir dann zurückge-

kommen waren, hatte ich vergessen, wo ich den Schlüssel hingetan hatte. Da mußten wir für teures Geld die Kommode aufbrechen lassen. Aber, was denken Sie, Wochen später, ich will telefonieren und nehme das Telefonbuch vom Regal, da fällt mir der Schlüssel von der Kommode entgegen.»

«Ja, da kann man mal wieder sehen, wie es einem gehen kann», sagt daraufhin die Moderatorin teilnahmsvoll. «Das passiert Ihnen sicher nicht noch mal.» Und mit einem freundlichen Dankeschön für den Anruf klinkt sie die Hörerin aus, die offenbar noch etwas sagen wollte. Aber es geht dann erst mal mit den Bee Gees weiter.

Oft schon habe ich mir überlegt, auch einmal beim Rundfunk anzurufen. Ich würde mich mit einer harmlosen Geschichte durch die Vorauswahl mogeln, und dann käme ich zum Zuge. «Hallo, mit wem sprechen wir?» hieße es am anderen Ende der Leitung. «Grewe, Mathias Grewe», würde ich mich vorstellen. «Und was haben Sie Schönes im Urlaub erlebt, Herr Grewe?» ginge es weiter. Und ich: «Gar nichts Schönes habe ich erlebt, der Urlaub war beschissen, alles war beschissen, das Wetter, das Meer, die Leute, das Essen. Und Jutta, meine Freundin, habe ich die meiste Zeit nicht gesehen, weil sie sich in einen beschissenen Italiener verknallt hatte. Und ich hatte Depressionen. Außerdem war das Geld viel zu schnell aufgebraucht, weil alles so furchtbar teuer war. Da mußten wir von Neapel bis nach Hause von Weißbrot und Schokolade leben.» Spätestens an dieser Stelle würde mich die Moderatorin unterbrechen und sagen, sie fände es ganz toll, daß ich so frei von der Leber weg meinem Ärger Luft gemacht hätte, und ob ich mich am Ende mit meiner Freundin wieder ausgesöhnt hätte und das sei doch wenigstens etwas und sie wünsche mir für den nächsten Urlaub mehr Glück. Es seien aber noch weitere Hörer in der Leitung, und ich hätte doch bestimmt Verständnis dafür, daß die auch noch etwas sagen möchten. Dann könnte ich so viel schreien, wie ich wollte, ich würde einfach weggestöpselt, und Roger Whittaker würde ins Rennen geschickt, um die Gemüter wieder zu beruhigen. Ich stünde noch eine Zeitlang wild gestikulierend in einer Telefonzelle, und die Passanten würden auf mich aufmerksam.

Warum bin ich so unduldsam gegen Menschen, die schlankweg behaupten können, glücklich zu sein? Warum provozieren sie mich, die sich mit den Umständen abfinden und versuchen, das Beste daraus zu machen? Ist es das, was mich am Berufsalltag ängstigt: das Einverständnis meiner Kollegen mit der Normalität, hinter dem die enttäuschten Wünsche verborgen gehalten werden? Sind das die Frauen meiner Kollegen, die da beim Rundfunk anrufen, oder mache ich mir ganz falsche Vorstellungen?

Meine Kollegen sind viel netter, als ich erwartet habe, aber sie sind trotzdem nicht meine Freunde geworden. Ich würde sie manchmal gern besser kennenlernen, aber dann ist mir meine Freizeit doch wieder zu schade. Immerhin hat Herbert, mit dem ich manchmal zusammen zu einem Kunden fahre, mich einmal an einem verregneten Mittwoch zu einem Bundesliga-Nachholspiel mitgenommen, weil er eine Karte übrig hatte, wie er fast entschuldigend sagte. Aber ich verstand diese Geste und freute mich über die Einladung. Allerdings verpaßte ich alle Tore, weil der Ball unten auf dem Spielfeld so winzig klein ist und weil es auch rundherum so viel Interessantes zu sehen gab. Anschließend wollte ich mit ihm noch ein Bier trinken gehen, aber seine Frau wartete auf ihn. Er fuhr mich noch nach Hause und kam auf einen Sprung mit rauf zu mir. Dort schaute er sich alles ganz genau an und fragte verwundert, wo denn Jutta sei, über die er mich schon ausführlich ausgefragt hatte. «Weiß ich nicht», antwortete ich wahrheitsgetreu. «Meine Frau geht abends nie weg», sagte er daraufhin selbstbewußt. Dann staunte er über meine Bücher und fragte, ob ich die denn alle gelesen hätte. Schließlich entdeckte er noch in meinem Plattenregal einen

Sampler von Buddy Holly. Im Stehen hörten wir «Brown-eyed Handsome Man» und «Three Steps to Heaven», und ich hätte ihm das Album geliehen, aber das wollte er nicht, weil er selbst auch keine Platten verleiht.

Ein paar Wochen später habe ich ihn an einem Samstag auch einmal besucht. Er hatte sich eine neue Digitalanlage angeschafft und wollte mir seine alten Stereoboxen günstig verkaufen. Seine Frau schickte er zum Kaffeekochen in die Küche. Anschließend setzte sie sich zu uns an den flachen Couchtisch und lehnte sich an seine Schulter. Der Fernseher lief lautlos in der Ecke, und Herbert schaute immer wieder hin, weil er die Sportschau nicht verpassen wollte. Ein paar Wochen später habe ich die beiden einmal zufällig vor Hertie getroffen, aber da hatten wir uns nicht viel zu sagen.

Herbert trägt mehr Verantwortung als ich. Nicht nur zu Hause, wo seine vierzehnjährige Tochter gerade in einem schwierigen Alter ist, sondern auch im Betrieb. Er ist Monteur und repariert die superschnellen 2000-Blatt-Kopierer, wenn sich die Verkleinerungsstufe nicht mehr einstellen läßt. Manchmal muß ich ihn begleiten, wenn ein wichtiger Kunde auf einem Ersatzgerät besteht, das einer allein nicht tragen kann. Dann schimpft Herbert. Schließlich ist er kein Transportarbeiter, sondern Techniker.

Wir haben uns mit der Zeit immer besser verstanden. Dabei ist er doch einer von denen, die sich weigern, ein Flugblatt anzunehmen, einer von denen, die mich bedrohen, wenn sie mir im Urlaub über den Weg laufen wie letzten Sommer an unserem Traumstrand in Kalabrien, wo wir wochenlang allein gewesen waren mit der Sonne, unseren Büchern und dem Stromboli ganz klein am Horizont. Plötzlich waren sie da mit laut knatternden Motorbooten, gingen rasselnd vor Anker, schwärmten aus, schossen Fotos, bauten Sandburgen, erstiegen den höchsten Felsen, um einen Überblick zu gewinnen, und winkten laut rufend von dort oben zu den anderen herunter. Sie packten zwei Stangen aus, ein Netz, einen Ball, bildeten zwei Gruppen und fingen zu spielen an. Sie schrien und lachten, und ich versuchte trotzig, gegen ihre gute Laune anzulesen, aber es gelang mir nicht, denn ich begann mich zu ärgern. Schließlich kollerte der Ball über uns hinweg, und Jutta sprang auf, lief dem Ball hinterher, brachte ihn zurück und durfte mitspielen. Mich fragten sie nicht.

Abends beobachtete ich sie, wie sie in kurzen Hosen auf dem Markt feilschten, Botschafter des guten Geschmacks, die auf eine unwiderstehliche Art die Kellner duzten und sich in ihrer Muttersprache unüberhörbar Gehör verschafften. Ich spitzte die Ohren, hörte ihren Geschichten zu und stieß Jutta an: «Hörst du, hörst du?» Geschichten von einem Hotel in Jesolo und den Portionen dort, die so groß waren, daß sie sie kaum aufgekriegt hatten, was sie sich von ihrer Partnerin mit «Nicht wahr!» bestätigen ließen, die noch darauf hinwies, daß eine Karaffe Wein immer inbegriffen war. Wie sie drängeln, dachte ich, wie sie unter Erfolgszwang stehen, wie ihr Urlaub einfach gelingen muß, weil sie so sehr gelernt haben, daß jedes Unglück ihre eigene Schuld ist. Und wenn der Urlaub vorbei ist, dann werden sie braun sein, sie werden erholt sein, und sie werden gut gelaunt sein, Zeichen der Erfüllung, die sie wieder einmal in diesen kostbarsten Wochen des Jahres gefunden haben, die sie schon vorbereiteten, als der Urlaubsplan im Betrieb noch nicht genehmigt war.

Jutta sieht das natürlich wieder ganz anders. Sie meint, wer nur vier Wochen Ferien hat im Jahr, läßt sich nicht gern auf Experimente ein, und wenn ich nicht so ein privilegierter Perspektivloser wäre, der nach Belieben in den Süden trampen könne, würde ich mir auch keinen mißlungenen Urlaub leisten wollen. Ob sie recht hat, wird sich bald herausstellen, wenn ich tatsächlich bei Copy-Leasing bleibe. Aber ich komme wirklich schlecht

damit klar, einen Urlaub schon acht Monate vorher festlegen zu müssen.
Jutta hat ein unbegrenztes Verständnis für das harmlose Leben. Wenn es nach ihr ginge, sollten wir alle nach Arenal fliegen. Weil da keine Landschaft mehr kaputtgemacht werden könne. Immer wenn ich mich im Urlaub über die Neckermänner lustig gemacht habe, hielt sie mir die Rucksacktouristen auf Samos vor, die die Griechen vom Strand vertrieben hatten, weil sie nackt badeten, und die ansonsten darauf warteten, Weintrauben geschenkt zu bekommen oder zur Bauernhochzeit eingeladen zu werden. Die könnten zwar zwanzig Worte neugriechisch, aber was wäre daran schon alternativ? Die Pauschaltouristen würden wenigstens ein paar Arbeitsplätze sichern. Aber ich wäre ja schon unangenehm berührt, wenn einer, der sechs Jahre in Ludwigshafen gearbeitet hat, Deutschmark lobt. Dann wollte ich ihm womöglich noch erklären, daß bei uns alles gar nicht so toll ist, obwohl er das vielleicht längst selbst gemerkt hat, aber höflich genug ist, sich seinen Gästen gegenüber zurückzuhalten. Aber ich hätte nichts Besseres zu tun, als die Italiener auf ihre Probleme aufmerksam zu machen. Andererseits hätte ich auch keine Skrupel, das ganze Jahr über im Supermarkt die EG-Früchte zu kaufen, die es in den Anbaugebieten nur zur Erntezeit gibt. Und so weiter.
Manchmal habe ich noch einen Einwand versucht, etwa daß sie als Frau auch nicht in den kalabresischen Bars sitzen sollte, wenn sie auf die Gefühle der Einheimischen so viel Rücksicht nehmen wollte. Darauf hatte sie ein besonders verblüffendes Argument: Sie zahle schließlich dafür. Das wäre der Unterschied zum Nacktbaden. Sicher hat sie recht. Trotzdem buche ich nicht pauschal.
Auf der Rückreise, in den Kolonnen der deutschen Mittelklassewagen vor dem Brenner, treffe ich sie wieder, die dicht auffahrenden Zweierbeziehungen mit Hund und Surfbrett, die Ener-

giesparer mit Herz für Kinder. Im Stau können wir uns nicht mehr aus dem Weg gehen. Wir stehen nebeneinander und könnten uns mit den Fingerspitzen berühren. Ich höre ihren Cassettenrecorder und denke, Paul McCartney, mein Gott. Sie schauen geradeaus, und ich schaue geradeaus, wir wissen, was wir voneinander denken. Und doch haben wir eins gemeinsam: Wir freuen uns nicht auf zu Hause.
An diesen bedeckten Rückreisesonntagen wächst das trostlose Gefühl von Heimat entlang der blauen Hinweistafeln. Dann spüren sie es genau wie ich: Je näher wir unserem Ziel kommen, um so weniger verlocken uns die Namen der Autobahnausfahrten. Und spätestens an der ersten Raststätte, wo das Toilettenpapier Geld kostet und vor dem Geschäft erworben werden muß, wo für die Extra-Mayonnaise 40 Pfennig berechnet werden und der Senftopf angekettet ist, wissen wir, daß wir wieder zu Hause sind.
Dann läßt sich nur noch aus der Erinnerung etwas Handfestes machen. Als letzter Widerstand gegen den ersten Arbeitstag werden die Urlaubsfilme abgegeben. Die acht Tage Wartezeit gewähren einen Aufschub vor der bitteren Einsicht, daß die Reiseerlebnisse so schnell verblassen wie die Urlaubsbräune. Die Fotogeschäfte vergrößern aus Kostengründen alle Fotos, auch die mißlungenen. Da heißt es sich schnell entscheiden, welche Bilder mitgenommen und bezahlt werden sollen. Die Verkäufer schauen gelangweilt über die Intimsphäre ihrer Kunden hinweg, denn sie kennen längst alle Fotos der Welt. Aber ich schiele zu den anderen hinüber, während sie ihre Fotos auswählen, die aussehen wie die Bilder auf der großen Tafel, auf der die Preise und Formate stehen, nur sind sie weniger gut gelungen. Da liegen Ehefrauen verführerisch auf beigem Frottee ausgebreitet, sie stehen lächelnd vor der Kathedrale von Palma oder Arm in Arm mit einem Wasserverkäufer in der Medina von Marrakesch oder mit dem Kopf im Nacken vor der Eiger-Nordwand. Nichts wird ab-

gelichtet ohne den personellen Beweis, auch wirklich dort gewesen zu sein. So gewinnen die Dinge ihre Bedeutung. Sie trinken Sangria oder schauen auf das Meer hinaus, und wenn sie zu zweit die Bilder abholen, stoßen sie sich an: «Weißt du noch, hier haben wir immer abends gesessen, und das war der Blick vom Balkon.»

Und meine Urlaubsfotos? «Weißt du noch, Jutta, wie schlecht gelaunt ich an dem Tag war, als wir in Amalfi diese vorzüglichen Muscheln gegessen haben? Und hier, der dreckige Strand von Salerno, was da alles angetrieben ist. McDonald's in Pozzuoli, der soziale Wohnungsbau am Rand von Siena, die Graffiti auf den Fresken im Dom von Orvieto: ‹Mike from L. A. was here›?» Sie nahm mir die Schwarzweiß-Abzüge aus der Hand, blätterte flüchtig, gab mir schließlich den ganzen Stapel zurück und wollte nur ein Foto behalten: Jutta auf der Piazza dei Miracoli stützt mit der Hand den Schiefen Turm von Pisa.

Das ist Jutta. Sie weint im Kino, wird ausfallend, wenn sie betrunken ist, und macht sich einen Spaß daraus, alle möglichen Geschmacklosigkeiten aus dem Sperrmüll zu ziehen. Und für all das, was sie nicht mag, wie Karneval, Fußball und Hundebesitzer, hat sie Verständnis. Sie hat für alles Verständnis. Mittlerweile traue ich mich schon nicht mehr, über meine Kollegen zu schimpfen oder die Kunden oder über die Autofahrer, die mich nicht die Fahrspur wechseln lassen. Für alle hat Jutta eine Entschuldigung und ist der Meinung, ich wäre nicht anders, wenn ich erst einmal richtig arbeiten müßte. Ob sie für mich auch so viele Entschuldigungen haben wird?

Als ich Jutta kennenlernte, hat es mich sehr beeindruckt, daß sie berufstätig war. Sie hatte wenig Zeit und beurteilte vieles nach seiner Zweckmäßigkeit. Sie verfügte über eine Einbauküche und kaufte auf dem Heimweg in der Feinkostabteilung ein. Sie benutzte farblosen Nagellack, Aspirintabletten und Angorapullover. Andrerseits reiste sie mit dem Rucksack in den Urlaub und verteilte Flugblätter in der Stadt. Sie lebte in zwei Welten, die für mich nicht zusammenpaßten. Erst später merkte ich, daß für sie alles eine Welt ist: die Kolleginnen, die sie auf Demonstrationen wiedertrifft und von denen sie trotzdem am Wochenende nicht gestört werden möchte, die Belohnungen für den Achtstundentag, ihre Make-ups für einen tyrannischen Alltag, wo nicht normal miteinander geredet wird, sondern kollegial, und ihre Freude, sich samstags für den Infostand so anzuziehen, daß man sie für eine Studentin hält, was zwar nicht unserem Anliegen, aber ihrem Gleichgewicht zugute kommt.

Was hat mich so weit entfernt von dem Boden der Tatsachen, auf dem so verschiedene Menschen leben wie Jutta und Herbert? Nur mein endloses Studium, als ich glaubte, alle Herberts zu verstehen, weil ich die bunten Bilder kannte, die über die erwachsene Welt im Umlauf sind? Die farbigen Doppelseiten in den Magazinen, die Etiketten der Shampooflaschen, auf denen fröhliche Benutzer abgebildet sind, vollständige Familien, die sich alle wie zum Spaß die Haare eingeseift haben? Die Prospekte zur Vermögensbildung, wo ein Vater in Freizeitkleidung einen Rasenmäher schiebt, während seine blonde Frau große Limonadengläser auf die Terrasse bringt, für die zwei Kinder, einen Jungen und ein Mädchen, die sich einen Ball mit dem Aufdruck der Bausparkasse zuwerfen?

Ich habe die bunten Bilder lange als Selbstdarstellungen von Menschen verstanden, die wie Herbert leben. Seit ich meine Kollegen kenne, weiß ich, daß es die Eigenheimfamilie nur auf dem Faltblatt der Bausparkasse gibt und nicht in Wirklichkeit. Aber Herbert und die anderen bemühen sich, ihr ähnlich zu werden.

Und halten die Dinge ihr Versprechen, daß man mit ihnen nicht nur Fotos machen kann oder Ausflüge, sondern auch glücklich wird? Herbert hat sich eine Kamera gekauft, die so viel Geld kostete, wie ich im Monat verdiene. Sie macht gute Bilder, sagt er, aber er gibt auch zu, daß sich die Ausgabe kaum lohne für die drei Filme im Urlaub oder zu Weihnachten. Und seine messeneue Stereoanlage hat einen Frequenzumfang, der allenfalls von seinem Hund wahrgenommen wird. Der begrenzte Gebrauchswert offenbart sich schon nach kurzem, nach weniger als wenigen Jahren. Ein Bewußtsein, hintergangen worden zu sein, macht sich vielleicht zunächst nur an der technischen Unzulänglichkeit des neuen Geräts fest oder an dem nachlackierten Kotflügel, der im Ton etwas dunkler als der Rest geraten ist, oder dem unbeweisbaren Verdacht, daß einen der Hauswirt bei den Nebenkosten übers Ohr haut. Man beharrt auf der Einlösung von Leistungen, auf die man ein Recht zu haben glaubt, ohne daß die große Unzufriedenheit sich dadurch beheben ließe. Die teuer bezahlte Eigentumswohnung entspricht nicht dem, was die Annoncen versprachen. Das Haus wurde 1950 im sozialen Wohnungsbau hochgezogen, es hat weder Terrassen noch hängende Gärten. Oder das Einfamilienhaus sieht zwar ganz so aus wie das Modell im Prospekt der Bausparkasse, leider ist das Grundstück etwas kleiner ausgefallen, und an seinem Ende beginnt nicht das Alpenvorland, sondern ein Lärmschutzwall. Herberts Audi 100 schließlich ist exakt das Modell aus der vierseitigen Anzeige in der Illustrierten. Leider rollt er damit nicht im Sonnenuntergang über die Promenade des Anglais in Nizza, sondern er steht im Stau auf der Rheinbrücke. Die große Bruchstelle zwischen den Ansprüchen und der Wirklichkeit ist die bittere Erkenntnis, daß der eigene Alltag ständig hinter der Bilderwelt zurückbleibt.

Manchmal sitze ich mit Herbert in meinem Kombi, wir schweigen und hängen unseren Gedanken nach. Dann, glaube ich, verstehen wir uns.

Herbert weiß inzwischen, daß ich nicht über Türkenwitze lache, und wenn er doch mal einen erzählt, erklärt er hinterher, daß es gar nicht so gemeint sei, er habe schließlich schon mit türkischen

Kollegen zusammengearbeitet, da gäbe es gute Typen darunter und schlechte, wie überall. Er läßt sich von mir beraten, wieviel Taschengeld er seiner Tochter geben soll und wie sich die Bands aussprechen, deren Platten sie sich zum Geburtstag wünscht. Manchmal fragt er mich, was ich nach Feierabend vorhabe. Dann erzähle ich von einem französischen Film im Programmkino, von einer karibischen Nacht im Ausländerzentrum, vom monatlichen Plenum der Bürgerinitiative, vielleicht sogar von einer kurzfristigen Demo oder einem griechischen Essen oder Mutters Geburtstag. Dann wundert er sich, woher ich nur all die Zeit nehme, und gibt sich selbst eine Antwort: «Na, wenn man keine Familie hat.»

Wieder einmal spüren wir die Kluft zwischen uns, wieder einmal hat der Kollege das Gefühl, daß ich nicht sein Kollege bin, sondern ein verkrachter Student, der anders ist und jedenfalls keine vierzig Stunden in der Woche arbeiten muß. Herbert will nie wissen, wie das ausgezeichnete Restaurant heißt, das ich entdeckt habe, er fragt nie nach, welche Gruppen noch bei dem Konzert aufgetreten sind, von dem ich angefangen habe zu erzählen.

Die zwanzig Autominuten, die seine Eigentumswohnung im grünen Vorort von der Innenstadt trennen, die anderthalb Stunden, die er morgens früher aufstehen muß als ich, sind nicht der Grund, warum er abends nie etwas anderes unternimmt als fernzusehen. Und auch nicht, daß es bei ihm da draußen kein Theater gibt und auch kein Programmkino, nicht einmal ein Kino, sondern nur eine Videothek, ein Squash-Center mit Grill-Restaurant und ausreichend Laternen, um den Hund Gassi zu führen. Er läßt sich einfach nicht gern auf Fremdes ein, wo er das Ende nicht absehen kann. Wenigstens außerhalb des Arbeitstags ist Vertrautheit wichtig, auch wenn Herbert manchmal darunter leidet.

Daß ich keinen Fernseher habe, ist für ihn so unglaublich, daß er es immer wieder vergißt. Man kann sich nur etwas merken, was man sich auch vorstellen kann. Im Anfang meiner Zeit bei Copy-Leasing habe ich selbst versucht, dieses Problem zu überspielen. Wenn ich gefragt wurde, ob ich das Halbfinale oder den Tatort gesehen hatte, antwortete ich wahrheitsgemäß, ich sei nicht zu Hause gewesen oder hätte Besuch gehabt. Mit der Zeit vermutete Herbert, ich interessiere mich wohl mehr für das Dritte Programm und versuchte, mit mir über Kultur und Wissenschaft ins Gespräch zu kommen: «Hast du gestern abend die Sendung mit den Leguanen gesehen?» Irgendwann habe ich mutig geantwortet: «Nein, ich habe gar keinen Fernseher.» Herbert war ja schon einige Schrulligkeiten von mir gewohnt. Er wußte, daß ich mit dem Rad zur Arbeit kam, und ließ meine ökologischen Begründungen gutmütig gelten. Ich konnte mir halt kein Auto leisten, da fragte er nicht weiter nach. Aber keinen Fernseher zu haben? So arm konnte ich doch wirklich nicht sein. Nach ein paar Wochen fragte er mich wieder nach einem Spielfilm, der ihm nicht gefallen hatte.

Ich kann einfach nicht mitreden, morgens, wenn die Touren vergeben und ungerechte Quizmaster verurteilt werden. Umgekehrt ist das anders. Weil Herbert einen Fernseher besitzt, ist er über mich im Bilde, denn dort kommen auch die neuen sozialen Bewegungen vor.

So erfährt Herbert, daß es die Demonstrationen, von denen ich erzähle, auch wirklich gibt. Vielleicht hat er sogar schon mal eine Demonstration nachmittags in der Stadt gesehen, aber erst, als sie abends in der Tagesschau vorkam, war sie ein ernsthafter Sachverhalt geworden, was noch nicht heißt, daß sie nicht trotzdem als Rüpelhaftigkeit gelten mußte. Aber die Zuschauerfamilie darf Noten über gutes Betragen geben. Dazu liefert das Fernsehen Entscheidungshilfen. Es lobt anerkennend, wenn eine halbe Million friedlich auf einer Wiese mit zwei Toilettenwagen ausharrt, und die Zuschauer loben das auch. Man muß sich nur

vertragen wollen, und das sollen die da oben auch mal, sagt Herbert.
Auch er weiß, daß die Welt kompliziert ist. Es gibt unterschiedliche Zonen der Wahrheit. Die entlegensten sind der Tiger von Eschnapur und der Aufstand der Kanaken, etwas näher liegen Space Shuttle und das Raumschiff Enterprise, noch etwas näher, aber immer noch weit weg, das Traumschiff in der Ägäis und die Rote Flotte im Schwarzen Meer. Aber man kann sich schließlich nicht mit allem befassen, sagt Herbert.
Meinen eigenen Erlebnissen mißtraut er, wenn sie in seinem Medium nicht vorkommen. Da stand ich mit Tausenden auf der Düsseldorfer Rheinwiese und hörte Ernesto Cardenal zu, und zur selben Zeit hat Herbert im Radio das Bundesligaspiel zwischen Werder Bremen und dem 1. FC Köln verfolgt, der damals noch Aussicht auf einen Platz im UEFA-Pokal hatte. Es hat für ihn keinen großen Wert, an den Dingen selbst teilnehmen zu können. Man verpaßt dabei, was das Fernsehen über die Dinge berichtet.
Selbst wenn wir dasselbe hören, ist es nicht das gleiche. Er fühlt sich von den Nachrichten im Autoradio informiert, wo Gesetze sozial ausgewogen sind und man sich optimistisch über beginnende Verhandlungen äußert. Und ich fühle mich betrogen. Die Meldungen, auf die ich warte, daß sich die Raumfähre in den Boden gebohrt hat oder eine erboste Rentnerin den Kanzler geohrfeigt hat oder der Papst auf der Gangway über sein Hängerchen gestolpert ist, gibt es sowieso nicht. Aber es gibt viel Beruhigendes für Herbert.
Die verläßliche Fernsehwirklichkeit heilt alle Wunden. Alle beunruhigenden Tatsachen, die von verbitterten Existenzen wie mir ständig wieder aufgerührt werden, werden von ihr keinesfalls unterdrückt, sondern lediglich ins rechte Licht gesetzt. Sie verwandelt, was sie nicht übergehen kann. Sie bringt die Katastrophen ins erträgliche Format, und was unerträglich bleibt,

erklärt sie für unabänderlich. Unabänderliches Leid vergrößert zugleich das Bedürfnis nach Zerstreuung, und da das Fernsehen selbst dieses Bedürfnis am besten befriedigen kann, bleibt die Zuschauerfamilie mit ihrer Trauer nicht allein.
Wie soll ich gegen Herberts Wirklichkeit ankommen? Alle wichtigen Erfahrungen erlebt er gemeinsam, immer hat er die Gewißheit, daß Millionen seine Erlebnisse teilen. Seine Nachbarn von nebenan und gegenüber, wo der Fernseher in der gleichen Zimmerecke steht, seine Kollegen am nächsten Morgen, die den gleichen Abend verbrachten, sie alle haben denselben ungerechten Elfmeter in der neunundachtzigsten Minute gesehen und es auch nicht glauben wollen, daß man vierzig leere Bierkästen aufeinanderstapeln kann, bis sie es mit eigenen Augen gesehen haben. Ein Leben mit gleichen Geschichten und gleichen Gefühlen.
Bei dieser Übermacht der Gemeinsamkeit ist es klar, daß ich der Träumer bin. Die Wirklichkeit meiner Erlebnisse läßt sich nicht überprüfen, weil ich immer der einzige bin, der davon erzählen kann.
Wenn ich manchmal sonntags meine Eltern besuche, läuft im Wohnzimmer wie all die Jahre der Internationale Frühschoppen mit sechs Alkoholikern aus fünf Ländern. Vater sitzt wie all die Jahre im Fernsehsessel und schaut zu, Mutter arbeitet in der Küche. Dann rege ich mich wieder auf wie all die Jahre, kommentiere und erkläre. Aber Vater winkt ab, er will sich nicht mehr mit mir streiten wie all die Jahre. Nicht nur, weil er gegen meine atemlose Argumentation nicht ankommt. Er hat gar nichts mehr dagegen, daß ich recht habe. «Dafür haben wir dich ja schließlich auf die höhere Schule geschickt», sagt er manchmal. Und ich habe ihn längst in seiner Zweifelsfreiheit erschüttert. Zumindest sagt er nun häufiger, daß jedes Ding zwei Seiten hat, und fügt neuerdings noch hinzu, daß er auch nicht mit allem einverstanden ist. Aber er ist müde geworden. Er möchte sich endlich zur Ruhe setzen dürfen. Mit seinem Alter ist er einverstanden. «Wer

weiß, was euch noch alles erwartet», sagt er. Da nimmt er das Fernsehen in Kauf, wie die vier verschiedenen Tabletten, die er vor jeder Mahlzeit schlucken muß, gegen die Verschleißerscheinungen seines arbeitsreichen Lebens.
Vater sagte immer: Man gewöhnt sich an alles. Woran werde ich mich gewöhnen? Werde ich mich der Lottogemeinschaft anschließen, um wenigstens eine Chance wahrzunehmen, aus diesem Leben wieder rauszukommen? Werde ich die Glücklichen bewundern, die zu Hans Rosenthal eingeladen wurden und gewonnen haben, weil sie das Gewicht aller in Umlauf befindlichen Fünf-Mark-Stücke am besten geschätzt oder die Geburtsstunde aller tibetanischen Lamas gewußt haben? Werde ich mir die Fremdwörter abgewöhnen? Werde ich freundlicher zu den Kollegen sein? Und werde ich beginnen, den Kicker zu lesen? Werde ich mich mit dem abfinden, was sie Realitäten nennen? Und werde ich einen Schreibmaschinenkurs machen, weil das meine Aufstiegschancen in einem EDV-gesteuerten Service-Netz verbessert? Werde ich doch noch vor einem Terminal sitzen, ich, der hochmütig noch nicht mal eine Armbanduhr trägt, während das Zeitkommando schon in die Kugelschreiber eingebaut ist, die wir den Kunden als Werbegeschenke aushändigen? Werde ich mich der Sprache der nachgerüsteten Bildschirme anpassen und Befehlen gehorchen, die Dialog genannt werden, digitale Kommandos ohne Wenn und Aber, nur entweder oder? Werde ich als täglichen Arbeitsplatz hinnehmen müssen, was ich als allabendlichen Freizeitpartner noch verschmähe?
An manches habe ich mich in den letzten sechs Monaten schneller gewöhnt, als ich je gedacht hätte. Aber alles wird anders, wenn es aufhört, provisorisch zu sein. Es gibt nicht mehr den Trost, nur Passant zu sein. Es gibt keine Abenteuer vor neunzehn Uhr, es gibt langweilige Aufgabenstellungen, die ich stets nur vorübergehend akzeptieren wollte. Doch aus den Übergängen werden Jahre. Jahre, an die ich nicht geglaubt habe. Jahre, die einen

großen Irrtum enthüllen. Erst dachte ich, meine hoffnungsvolle Vorgeschichte sei dieser Irrtum, weil ich vor lauter Erwartungen an das Leben, das ich mir erträumte, untauglich wurde für das Leben, wie es wirklich ist. Aber ich halte daran fest, daß die Vorgeschichte, die mich dazu verleitet hat, etwas vom Leben zu verlangen, kein Irrtum ist. Die Umstände, die meine Vorgeschichte so schrecklich nutzlos werden ließen, sie sind der Irrtum.

Nichts stockt

Meine Geschichte geht weiter. Die Verhältnisse haben sich nicht geändert, das System ist nicht überwunden. Immerhin gibt es eine schöne neue Kultur. Fenster ohne Gardinen, Betten ohne Bettvorleger, Familien ohne Oberhaupt. Machtlos gegen den Gang der Geschichte, habe ich mich selbst verändert. Was mich bedroht, versuche ich zu erklären. Das bringt den Fortschritt nicht viel weiter, aber es entlastet.

Ich sitze in der Küche und denke nach, während ich unzählige Tassen Kaffee in mich hineinschütte, nicht aus Anspannung, sondern aus Langeweile, an diesen Tagen, wo sich Dienstag nicht von Donnerstag unterscheidet. Ich beklage mich nicht mehr darüber, daß ich nicht zugelassen wurde zu einer Zukunft erster Wahl. Den Umständen, mit denen ich mich nicht abgefunden habe, bin ich ein Stück entgegengekommen. Ich arbeite vormittags. Ich fahre dorthin, wo man mich hinschickt. Dann gehe ich wieder nach Hause und bin ein anderer.

Ich bin älter geworden und ruhiger. Ich will nicht noch mal zwanzig sein. Es ist lange her, daß ich das letzte Mal geweint habe und daß ich über eine Nachricht wirklich erschüttert war. Ich sehe und vergesse. Ich lese und rede mit. Keine Bücher, keine Stücke, keine Filme, die noch Offenbarungen wären. Begeisterung hat sich verloren. Keine Schwitzhände mehr und keine Verknalltheit, an der das Leben hängt. Ich weiß, was gespielt wird.

Die Eltern entfernen sich aus meinem Leben. Manchmal fragen sie nach meinen Plänen. Ich erzähle von einer Tour auf das Matterhorn über den italienischen Grat. Aber das ist es nicht, was sie wissen wollen.

Meine Pläne? Ich habe über das Weltende geredet wie über den nächsten Winter und fand es lächerlich, noch Pläne zu machen. Nichts ist weniger gefährlich geworden seitdem, nur die Zeiten haben sich wieder beruhigt. Die Warnungen sind nicht widerlegt, nur langweiliger geworden. Vielleicht habe ich ein langes Leben vor mir. Vielleicht kommt gar kein Krieg, und ich werde doch alt.

Dann werde ich im Jahr 2000 fünfundvierzig sein. Und dann? Die wirtschaftliche Lage wird kaum besser sein, der Frieden nicht sicherer, die Welternährungslage nicht günstiger. Die Reichen werden reicher geworden sein und die Armen ärmer.

Es ist nicht schön, in eine Zeit hineinzuwachsen, die schrecklich ist, weil sie nicht vergehen will, und schrecklich, weil sie völlig zu vergehen droht. Aber ich habe noch Träume, auch wenn es immer weniger Hoffnung gibt. Ich träume von einer besseren Zukunft, weil ich mir eingestehen kann, in einer unglücklichen Gegenwart zu leben. Ich halte die Entzweiung aus und kann zugeben, Ziele nicht erreicht und Wünsche nicht verwirklicht zu haben. Ich fühle mich nicht mehr als Verlierer.

Ich werde niemals sagen, daß die Arbeit schön ist, zu der ich gezwungen bin. Und ich werde niemals sagen: «Man gewöhnt sich an alles.» Ich werde mich nicht gewöhnen. Und ich werde meine Ziele nicht widerrufen, nur weil sie sich nicht erreichen lassen.

Ich entziehe mich dem Alltag, von dem ich ahne, wie schrecklich er ist. Ich halte mich heraus aus dem schäbigen Teil der Wirklichkeit und halte deshalb nicht Prügel für ab und zu notwendig, Unternehmer für erfinderisch und Luftverschmutzung für unvermeidlich. Ich weiß Ostern noch nicht, auf welche Wochentage Weihnachten fällt.

Auf mich kann sich keine Behörde verlassen. Auch als Verbraucher bin ich unberechenbar. Mich bittet man nicht im Supermarkt, französischen Weichkäse zu probieren. Ob ich mir jemals einen Neuwagen kaufe, ist ungewiß. Ich bin nicht durch Eigentum an einen Ort gebunden. Ich ziehe oft um und breche gern auf. Ich lebe in einer Welt ohne Kindstaufen und Weihnachtsbaum, ohne Stollenwand und Leuchtglobus. Keine Lieblingsfarbe, kein Sternzeichen, keine neue Nummer eins. Keine Erfrischungstücher, keine Wiedervereinigung, kein Bis der Tod uns scheidet, keine Medaillenhoffnungen, kein Riesen-Schwedenrätsel, kein Tag so wunderschön wie heute.

Ich halte mich aus der Welt der Ellenbogen heraus und habe unter keinen Intrigen zu leiden. Ich übernehme keine Verantwortung und mache keine Fehler, für die ich zur Rechenschaft gezogen werde. Ich habe keinen Rechtsschutz und keine Verbindlichkeiten gegenüber einem Finanzierungsbüro. Einverständnis ist von mir nicht zu erwarten. Solange es keinen richtigen Beruf für mich gibt, verdiene ich meinen Lebensunterhalt. Ich mache meine Arbeit, aber ich mache sie unversöhnt.

Ich werde keine Geschichten mehr von damals erzählen. Ich werde auch nicht sagen «Früher war alles besser», auch wenn ich das manchmal denke. Mein falscher Plan vom Leben hatte auch sein Gutes. Ich bin nicht mehr zu vereinnahmen. Ich hoffe nicht mehr auf Angebote. Ich glaube an keinen lieben Gott und keinen freien Markt. Ich werde mich niemals genug langweilen, um mir einen Hund zuzulegen.

Ich werde meine Meinung sagen und weiterhin ungefragt mitreden. Ich werde mich an Arbeitskämpfen beteiligen und demonstrieren, ich werde Auskünfte verweigern und die Steuer betrügen. Ich werde im verborgenen wirken und in aller Öffentlichkeit. Statt mich mit überschaubaren Sorgen zu beladen, werde ich weiter unüberschaubare Ideen verfolgen.

Ich werde jetzt aufstehen und hinausgehen. Und die Eisenbahnen werden nicht von den Brücken fallen und die Dachdecker nicht von den Häusern.

Ich bin, der ich bin. Ein freundlicher junger Mann, der in die Jahre gekommen ist. Der mit sich reden läßt und gern Auskunft gibt, wenn man ihn nach dem Weg fragt. Der höflich ist, aber nicht gutwillig. Ein Arbeiter im monotonen Getriebe, der einmal höher hinaus wollte und jetzt, ganz ohne Gesellenbrief, bei denen gelandet ist, für die er sich in seiner Freizeit einsetzen wollte. Den seine Kollegen endlich nicht mehr verachten, obwohl er mehr gelesen hat als sie. Der es ertragen kann, die Verhältnisse unerträglich zu finden, und der Vorschläge hat für das nächste Stadtteilfest und den Nord-Süd-Dialog. Der weiter Pläne macht, von denen er die meisten nicht verwirklichen wird. Der niemals eine Prämie für zehnjährige Betriebszugehörigkeit erhalten wird. Der keinem sagen wird: «Ich wollte auch mal mit dem Kopf durch die Wand.» Der sich nicht mehr darüber beklagt, betrogen worden zu sein, der lieber oppositionell als verbittert ist.

Klaus Modick

Weg war weg
Romanverschnitt
240 Seiten. Gebunden

Eine Detektiv- und Abenteuergeschichte, eine hinreißende Parodie auf den intellektuellen Eiertanz um das Feuilleton-Kalb «Postmoderne», ein Stück hochkomischer Literatur mit bissigen Seitenhieben auf den Literaturbetrieb.

Das Grau der Karolinen
Roman
448 Seiten. Gebunden

Ins Blaue
Roman
rororo 5871

Moos
Die nachgelassenen Blätter des Botanikers Lukas Ohlburg
rororo 5907

Traumtanz
Ein berauschendes Lesebuch
rororo panther 5806

rororo

C 2334/1